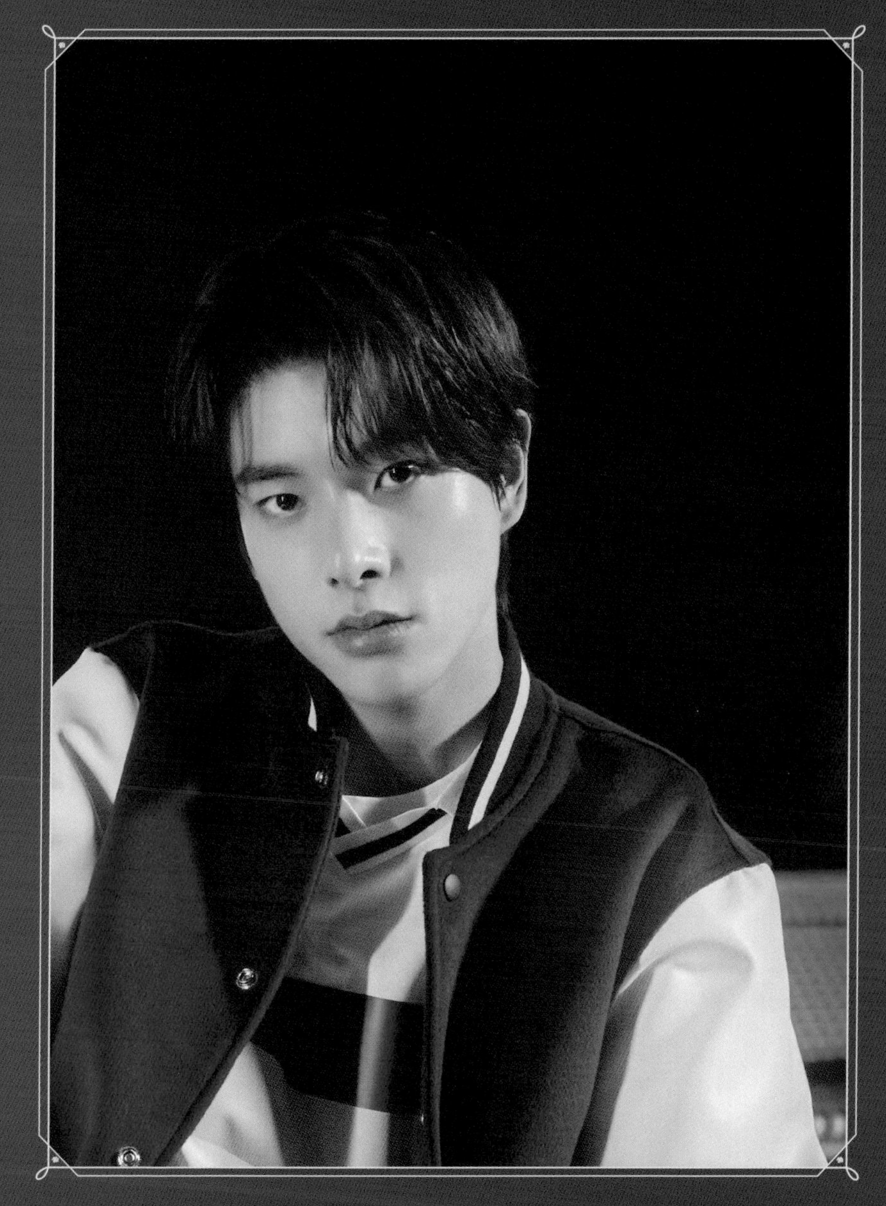

DARK
달의 제단
MOON

WITH ENHYPEN

DARK
달의 제단
MOON

WITH ENHYPEN

DARK
달의 제단
MOON

WITH ENHYPEN

DARK
달의 제단
MOON

WITH ENHYPEN

DARK
달의 제단
MOON

WITH ENHYPEN

DARK
달의 제단
MOON

WITH ENHYPEN

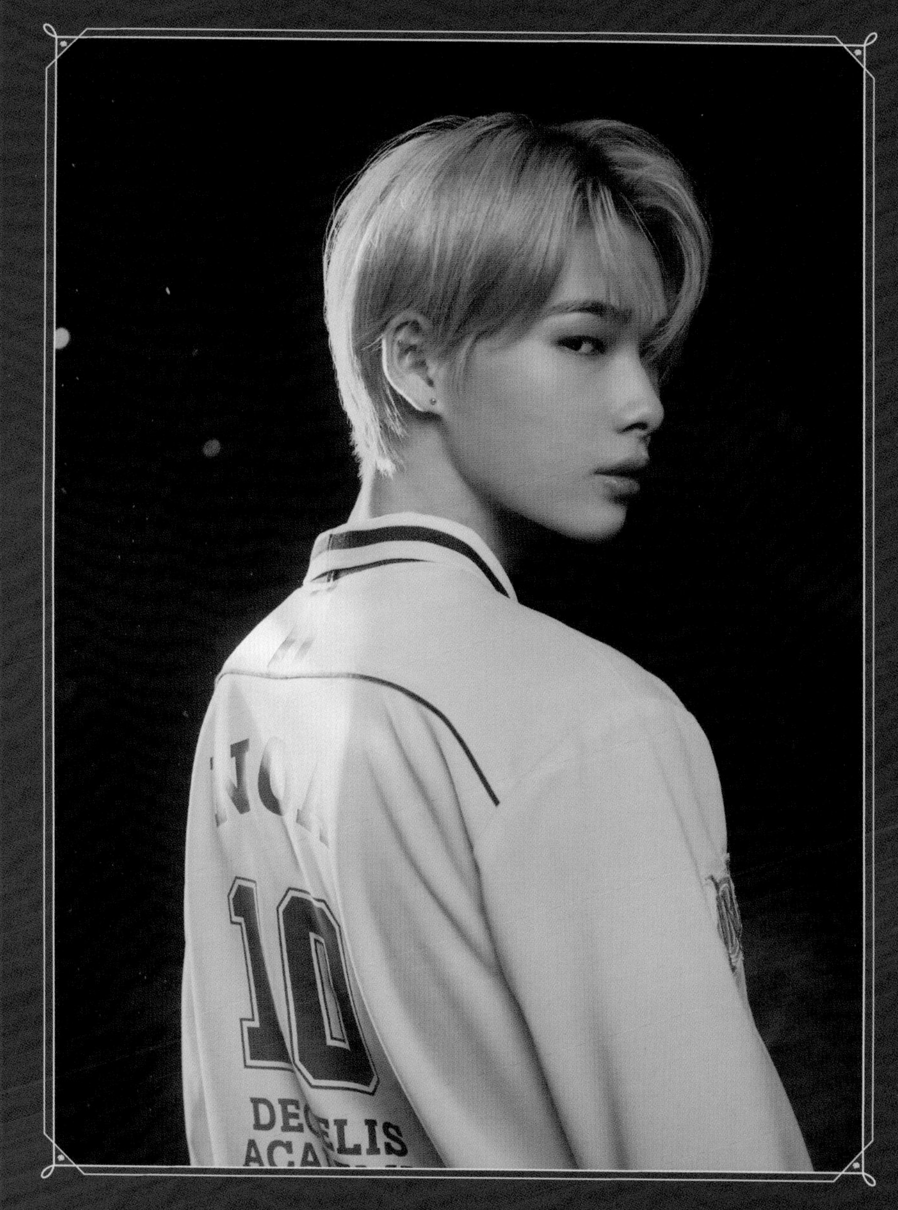

DARK
달의 제단
MOON

WITH ENHYPEN

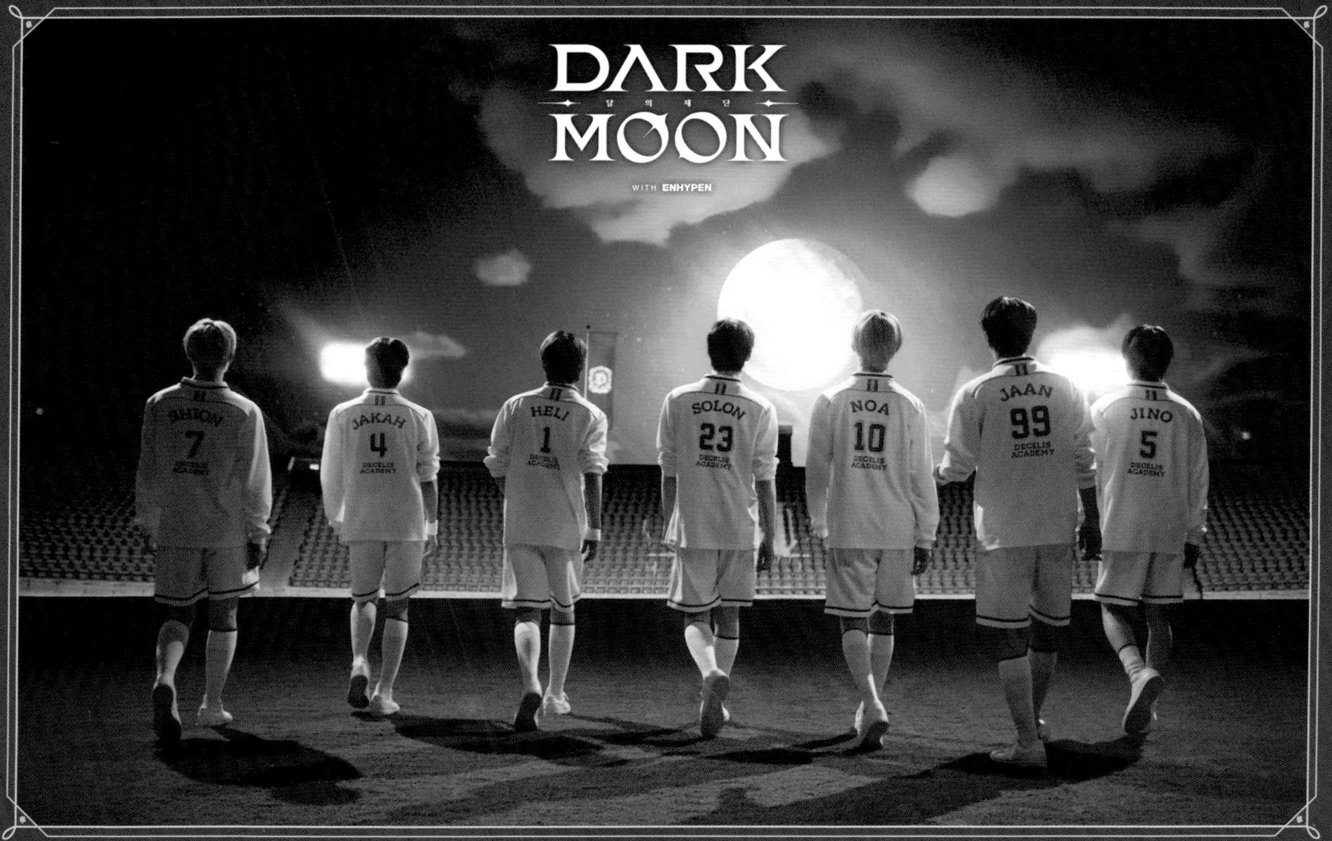
DARK
달의 제단
MOON
WITH ENHYPEN
SHION 7 DECELIS ACADEMY
JAKAH 4 DECELIS ACADEMY
HELI 1 DECELIS ACADEMY
SOLON 23 DECELIS ACADEMY
NOA 10 DECELIS ACADEMY
JAAN 99 DECELIS ACADEMY
JINO 5 DECELIS ACADEMY

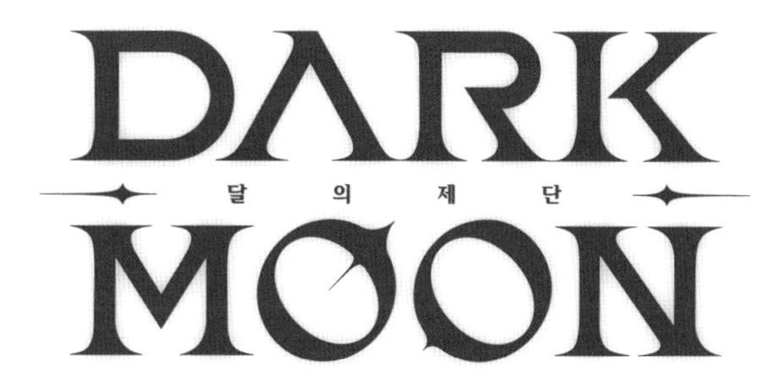

WITH ENHYPEN

기획/제작

HYBE

공동기획

WITH ENHYPEN

3

WEBNOVEL

학산문화사

DARK
달의 제단
MOON
WITH ENHYPEN

차례

제 24 화

실종
part 3

학기 중에 학교를 빠지는 일이 드물었던 수하는 아무나 붙잡고 외치고 싶었다.

'여긴 나이트볼이라고 하면 뭐든 다 되는 거냐!'

시 전체가 나이트볼에 미쳐 있다고 해도 과언이 아니라, 수하가 난데없이 '나이트볼' 때문에 외국 경기를 관전하고 잠시 트레이닝을 받는다는 말도 안 되는 구실에도 학교는 바로 승인해주었다. 이게 말이 돼?

"이게 말이 되냐고!"

"낸들 아냐."

솔론은 고개를 흔들었다.

"이건 좀 말이 안 되지 않아? 어떻게 나이트볼 하나면 결석도 무마가 돼?"

"아카데미 이사장님이 나이트볼 마니아라 시즌 때마다 경기장에서 사시잖아. 드셀리스에서 나이트볼 가지고 안 되는 건 없어."

자카는 차분하게 말하며 수하의 어깨를 토닥였다.

"그러니까, 포기해. 포기하고, 너무 복잡하게 생각하지 마. 무슨 일이 일어나도 너는 무사히 집으로 돌려 보내줄 테니까."

물론 나이트볼 트레이닝이고 뭐고 전부 다 거짓말이다. 그걸 핑계로 출국해서 저 멀리 있는 에스티발 시의 물류창고를 급습하러 간다.

갑자기 결정된 일이었지만 늑대인간 소년 셋을 포함해 수많은 늑대인간의 목숨이 걸린 일이었기에 모든 게 빠르게 이루어졌다.

하지만 수하가 따라가는 건 가장 마지막에 결정된 일이었다.

"넌 무조건 돌아가는 거야."

다시 한번 다짐하듯 말하는 자카도, 눈을 질끈 감고 고개를 끄덕이는 지노도, 모두가 다 수하를 붙잡고 약속했다. 다시 무사히 돌아오게 해주겠다고.

"아니, 나는……. 기왕 이렇게 된 거 내가 도움이 될 수 있다면 돕고 싶어."

그렇게 열심히 말해봤지만, 무척 어렵게 가장 먼저 '함께 가자'고 말한 헬리는 단호하게 고개를 흔들었다.

"네 도움이 필요해서 함께 가자는 게 아니야. 가서 아무것도 안 해도 돼."

또다시 발생한 끔찍한 살인사건에 리버필드 시의 분위기는 몹시도 흉흉했다.

드리프터들의 짓이란 게 뻔한 것이, 발견된 시체들에서 피는 한 방울도 찾지 못했다고 했다.

보란 듯이 널린 시신이며 끔찍한 수법은 경고였다. 늑대인간 사냥에 나섰다가 도리어 전멸하고 만 드리프터들의 보복을 하고야 말겠다는 경고.

"어쩌면 이곳이 지금 가야 하는 에스티발보다 더 위험할 수도 있으니까."

뱀파이어 소년들은 리버필드 시에 수하를 혼자 두고 떠날 수 없다는 데 전부 동의했다.

그들은 표정이 무섭게 굳어서 학교에 관한 서류를 해결하는 데 수하까지 곧바로 끼워 넣었다. 이동수단, 고려해야 할 일들에 수하는 무조건 끼는 거다. 그냥 그렇게 정해졌다.

"너네 날 너무 과소평가하는 것 같아."

조금 부루퉁해지고 미안해지기도 한 수하가 괜히 짐을 챙기며 웅얼거렸다. 바쁘게 비행기 표며 열차 시간을 확인하던 헬리가 그녀를 돌아보며 슬쩍 웃기 시작했지만, 수하는 눈치채지 못했다.

"아니, 물론 내가 너희랑 비교하면 진짜 비교도 안 될 만큼 경험도 없고 싸우는 실력도 별로지만, 그래도 내 한 몸은 어지간하면 잘 지킬 수 있어. 그렇게 약하지는 않은데……. 으음……."

"뭐야, 말이 왜 그렇게 자신 없게 끝나? 약하지 않다면서?"

옆을 지나가던 노아가 그녀를 놀렸다.

"내 말은……, 자신은 좀 없지만 나도 최선을 다할 테니까……, 아주 힘이 없고 아무것도 할 줄 모르는 사람 취급은 안 해도 된다는……."

여태 보았던 드리프터들보다 더 강한 상대들을 마주하러 가는 거니까 수하 혼자서 스스로를 지킬 수 있다는 말도 어쩌면 허세에 불과할지도 모른다. 열심히 말은 하는데 그 살벌하던 밤을 떠올리면 그보다 더 강한 적을 상대할 자신이 없었다.

그래서 말도 제대로 완성시키지 못하는 수하의 곁에 헬리가 다리를 접고 앉았다. 고개를 숙인 수하와 눈이 마주치도록 그녀를 올려다보았다.

"응."

무슨 말인지 알겠다는 건지, 아니면 더 얘기해보라는 건지, 헬리는 다정하게 고개를 끄덕였다.

"……으응."

아, 둘 다구나. 수하는 어쩐지 알 것 같아서 시선을 피하며 같이 고개를 끄덕였다.

"나가서 해라, 나가서."

솔론은 슬그머니 자리를 피했으나 그냥 넘어가는 성격이 아닌 이안이 헬리의 등을 발로 밀어버리며 한마디 했다. 어어, 하다가 바닥을 짚은 헬리는 그래도 좋다고 웃고 있었다.

만난 지 얼마 되지 않았으나 어쩌면 평범한 친구들과 평생 겪을 일을 이 짧은 시간에 다 함께 겪은 사이라고도 할 수 있는 관계가 되었다.

함께 먼 길을 떠나는 게 몹시 긴장되면서도, 어쩌면 수하는 이 여정 끝에서 생각지도 않은 것을 발견하게 될 수도 있겠다는 생각을 했다.

에스티발 시의 물류창고로 최대한 빨리 가는 게 목적이라, 수하를 비롯한 드셀리스 아카데미 주전들과 선샤인 시티 스쿨의 늑대 소년들은 새벽에 출발했다.

이미 늦었을 수도 있지만, 그래도 아무것도 하지 않는 것보단 낫다.

바쁘게 이동하는 동안 다들 거의 말을 하지 않았으나, 수하는 그중에서도 초조해하는 늑대소년 하나를 종종 관찰했다. 그는 가장 어려 보였고, 거의 단발에 가까운 푸른 머리카락을 늘어뜨린 채 머리카락 색만큼 얼굴도 파랗게 질려 있었다.

'하긴 나도 헬리가 실종되었다면 걱정했을 텐데, 쟤는 가족이나 다름없는 사람들이 셋이나 실종된 거니까…….'

얼마나 걱정되고 미칠 것 같을까. 그 와중에 선샤인 시티 스쿨의 엔지와 드셀리스 아카데미의 자카가 나란히 앉았다. 그들은 똑같은 표정으로 미간을 찡그린 채 열차 시간표며 비행기 시간표 등, 다른 이동수단을 자꾸만 찾아보고 있었다.

"이 인원이 전부 다 우르르 몰려가는 건 너무 눈에 띈단 말야."

자카의 말에 엔지도 고개를 끄덕였다.

"너무 위험해. 그런데 지금은 시간이 없으니까 어떻게 따로 갈 수도 없고."

결국 두 사람 마음에는 지극히 안 드는, 상당히 위험한 경로로 한꺼번에 이동하는 도박을 택할 수밖에 없었다.

그것도 에스티발 시는 리버필드 시처럼 유명한 관광지도 아니고, 아주 오래전에 융성했다가 쇠퇴한 도시라서 비행기를 타도 열차나 버스를 타고 한참 이동해야 했다.

"너희 중에 운전할 줄 아는 사람은 몇 명이야?"

"수하 빼고 다 해."

자카는 대답하면서 시계를 보았다. 곧 그들이 지금 타고 있는 비행기가 착륙하면 또 이동해야 한다. 시간이 촉박했다.

"그럼 됐어."

엔지는 고개를 끄덕이다가 멈칫거렸다. 생각보다 드셀리스 아카데미 뱀파이어들 사이에도 그와 일하는 방식이 맞는 이가 있다니, 이건 꽤나 색다른 경험이었다.

"헬리 형이 아마 조종사 면허도 있을 거야. 어떻게 땄냐고는 물어보지 마."

"어떻게 땄는데?"

하지만 뱀파이어가 하지 말라면 늑대인간은 심술궂게 어깃

장을 놓고 싶은 게 본능이었다. 엔지는 곧장 되물었고, 자카는 그럴 줄 알았다는 표정으로 대답했다.

"말할 수 없는 방법으로."

수하는 그 말을 가만히 듣다가 톡톡 두드리는 손에 옆을 바라보았다. 헬리가 담요를 내밀었다.

"잘 수 있을 때 자둬. 에스티발 시로 가는 건 아주 비정상적인 방법이라 힘들 테니까. 졸리면 걱정하지 말고 무조건 자."

하필 옆자리가 헬리인데 잠을 어떻게 자란 말인가. 자다가 코를 골지 않을까? 이상한 꿈을 꾸고 혼자 잠꼬대를 하면 어떡하지? 이를 갈면? 침이라도 흘리면? 자는 얼굴이 못생겨 보이면 어떡하냐고!

하지만 아무래도 자는 게 좋을 것 같았다. 에스티발 시로 가는 게 '아주 비정상적인 방법'이라는 헬리의 말은 무시할 수가 없었다.

"비정상적인 방법이라니, 좀 더 구체적으로 말해봐."

"보통 사람들은 절대로 선택하지 않을 방법이지. 절대 쉬지 않고 오직 이동만 하는 거야. 가장 빠른 수단이라면 불편한 좌석에 어마어마한 소음 같은 건 신경도 쓰지 않고 선택하는 거지. 아마 지금이 제일 편한 좌석일걸. 이동만으로 지칠 거야.

하지만 걱정하지 마. 네가 자도 업어서 갈 테니까."

음. 일단 무조건 자자. 수하는 담요를 머리끝까지 덮어썼다.

"왜 그래? 답답하지 않아?"

"아냐, 이게 내 잠버릇이야."

최대한 가리기라도 해야지 잘 수 있을 것 같았다.

헬리가 바로 옆에 있는데 신경 쓰여서 어떻게 잘까. 눈을 가리지 않는다면 그를 계속 쳐다보느라 잠을 자는 것도 잊을 게 뻔했다.

"잘 자."

으. 수하는 담요 바로 옆에서 들리는 나지막하고 듣기 좋은 목소리에 눈을 꼭 감았다.

잘 수 있으려나? 못 자는 거 아니야? 이미 심장이 정신없이 뛰고 있어서, 헬리의 귀에 들릴까 봐 수하는 몸을 최대한 웅크렸다.

그녀는 부루퉁한 얼굴로 두터운 담요를 내려다보고 있었다.

커튼이 내려진 사주식 침대에 앉은 그녀는 당장이라도 이

답답한 침실에서 뛰쳐나가고 싶었지만, 꼼짝도 하지 못하는 신세였다.

……답답해하신다고 소문이 나서 와봤더니.

들려오는 목소리에 그녀는 고개를 홱 돌렸다. 훤칠한 헬리가 커다란 꽃다발을 가지고 들어오고 있었다.

누가 그런 무엄한 소문을 내?

감히 공주가 아프다는데 말이야. 엄마의 위엄 있는 말투를 흉내 내며 눈을 부릅떴지만 헬리는 흥미가 없다는 표정으로 침대 곁 탁자 위에 꽃다발을 내려놓았다. 그러곤 또 어디로 간다.

어디 가!

기껏 왔으면 안 그래도 심심해 죽겠는데 말동무라도 해줘야지!

꽃병에 물 채우려요.

흠.

그녀는 다시 얌전히 앉아 있기로 했다. 꽃병을 가져온 그가 꽃다발을 풀더니 꽃을 하나하나 꽂기 시작했다.

왜 아무 말도 안 해?

아프면 그녀는 조금 예민해진다. 언제나 씩씩하지만, 그만큼 자주 아팠기 때문이다. 툭하면 앓아눕는 건 사람을 우울하게 만든다.

하시고 싶은 말씀이 있을 것 같아 기다리던 중이었습니다만.

하여튼 말은 잘해.

말도 잘해야지요.

너, 환자한테 너무 야박한 거 아냐?

저처럼 친절한 기사가 또 어디 있습니까.

그녀는 조금 생각하다가 어깨를 축 늘어뜨렸다.

그건 그래. 신경질 내서 미안해.

헬리는 약간 놀라서 그녀를 돌아보았다.

방금 하신 건 신경질 축에도 안 들어갑니다, 공주님. 더 화내셔도 됩니다만.

아냐. 잘해주는 사람한테 그러면 안 되는 거야.

아픈데 짜증이 날 수도 있지요.

어르고 달래는 다정한 목소리에 그녀는 무릎을 세우고 그 위에 팔을 포갠 뒤 푹 엎드렸다.

……아픈 거 너무 싫어. 내 어깨에는 우리 왕국이 달려 있단 말이야.

그랬다. 그녀는 외동딸이었다. 책임이 아주 막중한 왕국의 후계자였다.

나도 알아. 그런데 내가 쓰러지거나 하다못해 기침이라도 하면……. 그거 알아? 재상이 나 무지 한심하게 쳐다본다?

아.

헬리는 뭔지 안다는 표정을 지었다. 설마 그럴 리가 있겠냐, 하고 반박할 줄 알았더니 이미 알고 있었던 건가. 하긴 그는 그녀가 하는 말은 언제나 믿었다.

알고 있었구나. 아픈 게 내 잘못도 아닌데 그렇게 쳐다보면 진짜 한심해지는 기분이야.

그런 사람의 시선이나 반응은 신경 쓸 가치도 없다고 말씀드리고 싶지만, 사실 신경 쓰지 않기가 힘들죠.

그렇지? 나는 진짜 다 열심히 하고, 칭찬도 많이 듣는단 말이야! 하지만 재상은 나중에 내가 왕위에 올랐을 때 날 보필해야 할 사람이잖아. 그런 사람이 날 한심하게 본다니…….

안 그래도 아픈데 그런 시선까지 마주하면 몹시 서러웠다.

뭐 좋은 생각 없어?

있긴 한데, 조금 위험한 생각이라서요.

뭔데?

그녀는 고개를 들었다.

자르세요.

엉?

재상이요. 공주님이 즉위하시면, 잘라버리고 마음에 드는 유능한 인재를 가려서 뽑으시면 되지요. 이 왕국은 공주님이 물려받을 나라지 재상이 물려받을 나라는 아니지 않습니까.

헬리는 재상의 야망 넘치는 눈빛을 생각하며 조용히 중얼거렸다.

사실, 그가 재상에게 하고 싶던 말이기도 했다. 이 나라는 당신의 나라가 아니라고. 왜 그의 야망을 여왕께서 못 보시는 건지 답답할 뿐이다.

천잰데?

그걸 이제야 아셨습니까. 섭섭합니다.

그럼 내가 즉위하면 네가 재상 할래?

귀찮아서 싫습니다.

☾

"수하야."

가볍게 웃는 목소리가 이번에도 다정하게 그녀를 깨웠다. 수하는 눈을 뜨고 희미한 빛을 자세히 보려고 애썼다.

"일어나. 도착했어."

시끄러운 엔진 소리가 들리고, 몸이 좀 흔들렸다. 그녀는 비행기 안이 아닌, 울퉁불퉁한 도로 위를 달리는 차 안에서 눈을 떴다.

아직 저녁 어스름이 오기 직전인 오후, 차도 보이지 않는 한적한 도로 끝에 키가 작은 건물들이 옹기종기 모여 있었고, 그 위로 회색 구름이 끼어 있었다.

"……어디야?"

물어보며 몸을 일으키던 수하는 몸 위에 덮여 있던 담요가 주르륵 떨어지는 걸 보았다.

"에스티발 시. 다 도착했어."

썰렁해 보이는 소도시가 조용하게 침묵에 잠겨 있었다.

제 25 화

실종
part 4

에스티발 시는 과거의 영화를 다 잃어버린 채, 군데군데 영업하지 않는 빈 가게가 보일 정도로 썰렁하게 주저앉아 있었다.

고층 건물이라곤 전혀 보이지 않았으며, 지나가는 사람들의 무심한 눈빛에는 생기가 거의 없었다. 썰렁하다 못해 한기가 드는 공기, 낡은 체크 무늬 남방을 입은 배불뚝이 노동자들, 텅 빈 거리.

수하는 담요에 둘둘 싸인 채 숨죽이고 바깥을 바라보았다.

'이런 곳은 처음 와봐.'

날씨도 험상궂다. 비가 올 것 같지는 않았지만, 회색 하늘이 이곳에서는 늘 보는 하늘의 색인가 보다.

"분위기 한번 살벌하네."

운전하던 지노가 주변을 둘러보며 중얼거렸다. 그들이 타고 있는 차도 트럭이나 낡은 중고차가 대부분인 이곳에서 조금 다르게 보일 지경이었다.

"준비해."

헬리는 장갑을 끼며 중얼거렸다.

오늘의 목표는 에스티발 시 물류창고에 갇혀 있다는 늑대인간들을 구하고, 더불어 늑대인간들을 잡아들인 뱀파이어들까지 잡아내는 것이다. 그래야만 리버필드를 습격했던 드리프터들의 배후를 알아낼 수 있으니까.

'바로 습격하는 거야? 아, 그래. 내가 지금 여기서 이걸 물어보는 건 눈치 없는 거지.'

수하는 입을 꾹 다물고 담요를 착착 접었다. 어차피 각오하고 온 곳이다. 그녀도 얌전히 있다가 갈 거라곤 결코 생각하지 않았다.

조용히 소년들이 타고 온 차 네 대가 제각기 다른 경로로 진입해서 물류창고 맞은편 수풀에 섰다.

작은 강을 끼고 있는 물류창고는 철조망으로 둘러싸여 있었고, 오고 가는 사람은 전혀 보이지 않았다.

"저곳이야?"

헬리의 물음에 칸이 고개를 끄덕였다.

“루슬란이 마지막으로 보낸 위치가 저기야. 이미 저곳에 없을 가능성이 크지만…….”

온갖 수단과 방법을 동원해 최대한 빨리 왔다. 객관적으로는 대단히 신속한 속도였지만 전혀 성에 차지 않은 칸은 주먹을 꽉 쥐었다. 그는 이미 속이 시커멓게 탄 지 오래였다.

“사람이 보이지 않는다는 건 저 안에 드리프터들이 득시글댈 가능성이 높아.”

헬리는 칸이 동요하는 모습을 못 본 척하며 말했다.

“적어도 안쪽 구조가 어떤지는 알아야 하는데, 자카, 뭐 나오는 거 없어?”

휴대폰을 두드리고 있던 자카는 고개를 저었다.

“너무 오래된 건물이라 정보가 없어. 설계도도 잘 모르겠고.”

“계속해서 늑대인간들을 잡아들였다면 분명히 안을 수용소식으로 개조했을 거야.”

바꿔 말하면, 소년들도 섣불리 들어갔다간 꼼짝없이 갇힐 수도 있다는 뜻이었다.

달빛을 완전히 차단시켜 늑대인간들이 보름달의 영향조차 받지 못하게 한 곳.

헬리와 칸이 상당히 커다란 물류창고를 돌파할 방법을 고심하는 사이, 나머지 소년들이 빠르게 조를 이뤄 물류창고 주변을 살폈다.

"……저쪽으로 늑대인간들을 보내는 건가?"

솔론이 눈을 가느다랗게 뜨며 작은 강 쪽으로 난 선착장을 바라보았다.

"어디?"

나자크가 고개를 쭉 뺐다. 이안과 붙은 전적이 여러 번인 나자크의 베이지색 머리카락이 솔론의 뺨을 간지럽힐 정도로 가까워졌다. 솔론은 약간 놀라 얼굴을 뒤로 물리며 강 쪽을 가리켰다.

"저기."

"……아, 그래. 가능성이 있어. 하지만 육로를 썼을 수도 있지. 강에서도 지원이 올 수도 있으니 차단해둬야겠네."

나자크는 고개를 끄덕이며 기억해뒀다. 해가 저물면 드리프터들이 다시 나올 것이다. 바꿔 말하면, 그때 이 물류창고가 어떻게 돌아가는지 알 수 있다는 얘기였다.

"……벽을 깨버리고 싶어."

지노는 짜증이 났다는 표정으로 물류창고를 보며 중얼거렸다. 저 안으로 햇볕이 스며 들어간다면 꽤나 볼 만할 텐데. 드리프터들이 햇볕에 화상을 입고 우왕좌왕할 거다.

"몇 명이 있는지도 모르겠는데……."

상대 전력을 파악하는 걸 무척 중요하게 생각하는 엔지는 저 물류창고 안에 상주하는 인원이 최소 얼마나 될지 머릿속으로 계산 중이었다. 그 옆에 쌍안경을 든 이안이 골치 아프다는 듯 중얼거렸다.

"당장 저 철조망이 문제야."

절대로 넘을 수 없도록 높게 세워진 벽 위에 날카롭게 가시를 세운 철사까지 빽빽하게 둘러놓았다.

"저 벽이야 잠금장치만 열면 되는데, 일단 검문하는 정문부터 통과……. 아, 정말."

중얼거리던 이안은 머리카락을 여러 번 거칠게 쓸어 넘겼다. 이렇게 아무런 준비도 없이 습격하는 건 처음이다. 항상 도망치던 입장이라, 더더욱 불안했다.

저번 리버필드 시 드리프터 소탕은 살고 있는 도시에서 일어났다는 이점이라도 있었지, 결국 생각보다 적들이 너무 많아 당황하지 않았던가.

"안 돼."

그때 눈이 돌아간 헬리가 수하를 홱 쳐다보며 말했다. 깜짝 놀란 소년들이 그를 쳐다보았고, 더 놀란 수하가 눈을 동그랗게 떴다가 미간을 찌푸렸다.

"나는 아무 말도 안 했어."

"그런데 들렸어."

"남의 생각은 허락 없으면 함부로 읽지 않는다며."

"네가 날 향해서 말하듯이 생각했잖아. 그것도 엄청 시끄럽게."

말이 빠르게 오고 가는 동안 그 사이에 낀 칸의 얼굴이 꽤나 볼 만했다. 재미있다고는 생각했지만 지금은 이럴 때가 아니므로, 적당히 칸을 구경한 이안이 수하와 헬리를 말렸다.

"왜 그래, 갑자기?"

묻자마자 두 사람의 대답이 한꺼번에 터져 나왔다.

"내가 갔다 오면 될 것 같아서 생각만 했는데, 얘가……!"

"얘가 갔다 오면 될 것 같다는 생각을 자꾸만 하잖아."

"와, 겹쳐서 하나도 안 들리는데 무슨 얘기인지는 알겠다. 안 돼. 미쳤어?"

이안이 수하에게 고개를 흔들어 보였다.

"그냥 생각만 한 거라니까! 나 혼자 생각도 못 해? 그냥 내가 안개로 변해서 슬쩍 들어갔다가 슬쩍 나오면 되지 않을까, 하고 생각했다고! 그리고 헬리 너, 생각을 읽지 않기로 했으면 읽어도 모르는 척해야지!"

"그건 미안해. 다시는 안 그럴게."

빠른 수긍은 헬리의 장점이다.

"좋아. 그럼 말 나온 김에 내가 가보는 건 어떻게 생각해?"

수하는 자리에서 일어나며 물었다.

"그건 안 돼."

헬리는 단호하게 말했고, 옆에 있던 뱀파이어 소년들은 모조리 고개를 흔들었다. 수하는 그러나 골똘히 생각하다가 안개로 휙 바뀌었다.

"안 된다니까……!"

당장 헬리가 점점 하얗게 질리기 시작했지만, 수하는 곧장 가버리는 게 아니라 소년들 근처를 맴돌았다. 그러곤 물었다.

"너무 눈에 띄나? 아직 오후잖아."

가만히 보고 있던 타헬이 약간 비틀거렸다. 희끄무레한 공기가 소리 내어 말하는 건 상당히 기괴한 일이었다. 칸이 얼른 동생을 붙잡았다.

"괜찮아. 쟤 아까 그 여자애 맞으니까 놀라지 마."

"안 놀랐어……!"

뱀파이어 놈들도 보는데 무슨 소리야! 타헬은 퉁명스럽게 반박하며 애써 놀라지 않은 척, 표정을 관리했다.

"안 된, 수하야, 내 말 듣고 있는 거야?"

"헬리 네가 내 말을 안 듣고 있어. 나 붙잡아 봐. 아니, 헬리. 너 말고."

가만히 듣고 있던 자카가 손을 뻗어 안개를 붙잡아보았다. 안개가 붙잡힐 리가 없다. 손에는 그저 약간의 습기만 남을 뿐이다.

"잡히지 않아. 나는 수하를 보내는 게 좋다고 생각해. 지금 우리한테 이만한 정찰 능력을 가진 사람이 없어."

자카는 냉정하게 판단했지만 헬리가 뭐라 반박하기도 전에 이안이 손을 내저었다.

"그것도 아직은 안 돼. 수하 쟤가 아직 적절한 훈련을 받은 건 아니잖아."

"우리가 지금 이것저것 가릴 형편은 아니야, 형."

꼭 이럴 때 맞는 말을 하는 자카는 물러서지 않았다.

"머릿수에서도 아마 밀릴 거고, 시간도 얼마 없어. 저 안에서 당장 누가 죽어가고 있을지, 아니면 누가 우리를 찾고 있을

지 어떻게 알아?"

날카로운 지적이었다. 자카는 헬리를 힐긋 쳐다보았다.

"그렇다는 걸 형도 이미 알고 있잖아."

네 명의 늑대인간 소년들이 동원할 수 있었던 가장 강력한 지원군은 일곱 명의 뱀파이어 소년들과 수하지만, 사실 뱀파이어 소년들에게 늑대인간들은 대단히 큰 도움이 되지 않았다. 숫자가 모자라도 너무 모자랐다.

입을 꾹 다문 채 허공에 어른대고 있는 안개를 노려보던 헬리는 단호하게 말했다.

"그럼 나도 함께 가."

☾

헬리는 이건 직무유기라고 생각했다.

꿈이 맞다면, 혹은 밤필드 보육원 원장선생님이 남겼던 서류가 맞다면, 헬리는 지금 지켜야 하는 공주를 가장 위험한 곳에 직접 내보내는 셈이었다. 그러니까 이건 직무유기다.

이안이 철조망에 접근하는 안개를 초조한 눈으로 보고 있었다. 각자 자리를 잡은 소년들도 마찬가지이리라. 모두의 통신 역할을 맡은 헬리가 가장 긴장했다는 건, 사실 아무도 몰랐다.

"한 사람이 나와 있는데."

이안이 정문 쪽으로 나오는 배불뚝이에 턱수염이 덥수룩한 남자를 보며 중얼거렸다. 날이 흐려서 안심하고 나온 드리프터인가?

"드리프터들의 하수인인 인간이겠지."

엔지가 먼저 대답했다.

"그놈들에게 복종하는 인간도 많고……."

그는 특히 이런 말을 뱀파이어들 앞에서 한다는 게 무척 내키지 않는다는 표정으로 말을 이었다.

"……이번처럼 동족을 팔아넘기는 늑대인간들도 있으니까. 새삼스러울 것도 없어."

"너 겪은 게 꽤나 많구나."

이안은 잠시 안개로 변한 수하에게서 시선을 떼고 엔지를 쳐다보았다.

"난 계속해서 생각했던 건데, 너희가 너무 몰라서 오히려 더 신기하다고 생각했어."

어떻게 뱀파이어와 늑대인간들 사이의 유구한 학살을 전혀 모르고, 그건 우리와 상관없다는 태도로 늑대인간들의 증오를 성가셔만 할까. 엔지는 실로 궁금했었다.

"……우린 저기 있는 놈들에게서 도망치기 바빴으니까."

이안은 물류창고를 턱으로 가리키며 건조하게 말했다.

밤필드 보육원에서 그저 사랑만 받으면서 곱게 키워지다가 어느 날 세상으로 내쫓기고 나니, 생존에 급급했다. 늑대인간이고 뭐고 세상 전체가 뱀파이어 소년들의 적이었다.

"아. 넘어갔다."

어쨌든 지금이 중요하다고 생각하는 이안은 안개가 철조망을 휙 넘어가는 걸 보고 긴장된 웃음을 지었다.

수하가 대담한 성격이란 걸 그는 일련의 사건들로 잘 알고 있었다. 지금 여기에서 바짝 긴장한 소년들과는 달리 하늘을 나는 것 자체도 살짝 즐기기까지 하며 물류창고 안으로 진입하고 있을 게 뻔했다.

여긴 창문도 별로 없어.

수하의 말이 헬리에게 들려왔다. 이안의 곁에 선 헬리는 이능력으로 매순간 그녀와 함께했다. 단순히 말을 주고받는 게 아니라 드리프터며 뱀파이어들을 심문할 때처럼 생각 전체를 읽기로 했다.

으음, 어디 한번 볼까? 에이, 아무것도 없네.

높은 창문으로 올라간 수하는 텅 빈 나무 바닥을 보고 실망했다. 수하가 보고, 다시 한번 생각으로 구현하는 장면을 뒤늦게 본 헬리가 대답했다.

그러게. 아무것도 없네.

여긴 아닌가 봐. 근데 네 목소리가 선명하게 들리다니 엄청나게 신기하다. 바로 옆에서 얘기하는 것 같아.

재잘대면서도 수하는 자카가 신신당부한 대로 지금 소년들이 있는 곳에서는 보이지 않는 창고 뒤편과 사각지대까지 신중하게 살폈다.

이크. 사람이 있어. 그늘에 서 있는 걸 보니 드리프터 같아.

안으로 들어갈 수 있겠어? 그냥 저 문을 통과해야 할 것 같은

데.

그럼. 당연하지.

"안으로 진입할 거야."

헬리는 수하가 방금 한 말을 소녀들에게 전달했다.

"지하 쪽을 수색해보라고 해. 지하가 없다면 가장 안쪽일 거야."

미동도 않고 창고 쪽을 보고 있던 칸이 입술만 움직였다.

수하야. 혹시 지하가 있다면 지하로 가보거나, 아니면 가장 안쪽으로 가봐.

알았어.

수하는 마음을 단단히 하고 허공을 부유했다. 둥둥 떠다니는 느낌은 익숙하면서도 어색했다.

실내에 들어오니 공기는 더 차가워졌고, 주변은 더 어두워졌다. 드리프터 둘이 바닥에 아무렇게나 주저앉아 있었다.

수하는 전혀 겁나지 않았다. 저들은 그녀에게 관심이 없다. 그저 밤이 오기만을 기다리고 있다.

점점 더 안쪽으로 들어가면 들어갈수록 드리프터들이 많이 보였다. 빠르게 주변을 훑으며 들어가던 수하는 문득 어떤 냄새를 맡았다.

이상한 냄새가 나.

냄새? 무슨 냄새?

몰라. 좀 역한 냄새도 나고…….

그건 당연할 거야. 늑대인간들을 가둬두는 곳이니까. 너무 어둡네.

윽, 좀 달달한 싸구려 향수 같은 냄새도 나. 냄새가 섞여서 더 지독해.

역한 냄새를 가리기 위해 다른 냄새를 끼얹은 거라면 최악의 선택이라고 할 수 있었다.

수하는 오만상을 찡그렸다. 안쪽은 몹시 어둑했다. 그리고 웅웅대는 소리가 났다. 환기구인가? 잘 모르겠다.

그녀는 모퉁이를 돌았다가 두터운 쇠창살과 마주하곤 움찔거렸다. 안개가 움찔거린다는 게 웃겼지만, 그걸 눈치챈 이는 이곳에 아무도 없었다.

수하야, 칸이 그러는데, 혹시 향초 같은 게 보이냐고…….

어. 있어. 뭔지 알 거 같아.

곳곳에 촛불이 보이고, 보라색 초가 타들어 가고 있었다. 그리고 그 희미한 촛불 아래에서 수하는 끔찍한 지옥을 발견했다.

제 26 화

구출
part 1

쇠창살은 물류창고 가장 깊숙한 곳과 그 외의 곳을 가로질러 구분했다. 그리고 그 안에 아주 좁고 작은 구획을 또 쇠창살이 나누고 있었다.

한마디로 물류창고 안쪽에는 끔찍한 감옥이 있었다. 감옥 복도에는 벽이란 벽마다 보라색 초가 걸려 쉴 새 없이 불쾌할 정도로 단내를 풍겼다.

"그건 향초야. 거기서 나오는 향이 우리를 무력하게 만들어."

헬리가 수하를 통해 전달받은 물류창고 내부 상황을 말하자 칸이 당장 무엇인지 알겠다는 듯 얼굴을 문질렀다.

"완전히 넋이 나가서 아무것도 못 하게 만든다고."

실로 그러했다. 수하는 쇠창살을 지나 감옥 안으로 들어섰다. 그녀는 참혹한 광경에 말하는 것마저 잊었다.

더럽고 좁은 공간 안에 네다섯 명씩 욱여 넣어진 늑대인간들은 힘이 풀려 쓰러진 채 아무것도 하지 못했다.

남자, 여자, 중년, 청년, 연령대도 다양한 와중에 아기를 안은 여인을 발견한 수하는 입을 틀어막았다. 나쁜 놈들이다. 정말 나쁜 놈들이었다.

수하야.

이렇게 더럽고 좁은 곳에, 말 그대로 일을 하다가 혹은 집에 있다가 갑자기 끌려온 이들이 갇혀 있었다.

그들의 몸에는 이빨 자국이 무수하게 나 있었다. 살아 있는 혈액팩이나 다름없는 취급을 받은 것이다.

수하야, 정신 차려야 해.

머릿속에 걱정 가득한 헬리의 목소리가 울렸다.

……정신 차리고 있어.

눈이 뜨거웠다. 눈물이 나려는 게 아니라 너무 화가 나서 열이 몰린 것이다. 눈에서 불이 쏟아지는 기분이었다. 이렇게 화가 날 수가 있을까.

완전히 방마다 늑대인간들로 꽉 찼어.

수하는 뒤쪽을 돌아보았다. 이곳이 대형 컨테이너가 쌓인 평범한 물류창고의 모습을 왜 하고 있는지 알겠다. 저 컨테이너 안에 늑대인간들을 넣고 운반하는 식이겠지. 쇠창살 바깥에서 늑대인간들을 '싣거나', 또는 '내리는' 작업을 할 것이다.

그때 이 끔찍한 감옥 안으로 다크서클이 턱 밑까지 내려온 드리프터가 비틀대며 들어오려고 했다.

쩔그렁, 하고 쇠창살 잠금장치를 열려는 소리가 소름 끼치는지 늘어져 있던 늑대인간들은 그 와중에도 움찔거렸다.

"왜 그러지?"

차가운 목소리가 드리프터를 가로막았다. 수하는 그 목소리의 주인을 자세히 관찰했다.

이 사람은 누굴까? 알 수가 없으니 헬리에게 물어봐야 했다.

같은 드리프터야. 조금 강해 보이는데.

"왜긴. 배가 고파서 그러지."

"웃기지 마. 아침에도 피를 마셨잖아."

"지금은 오후야."

"더 이상 손대지 마. 저놈들은 한 시간 후에 보내야 한다고."

보낸다고? 어디로? 수하는 그게 궁금했지만, 드리프터들은 목적지보다는 다른 데 관심이 있는 듯했다.

"그러니까 배 좀 채우겠다는 거 아니야."

"새 늑대인간들은 또 들어와. 그 멍청이가 계속 우리에게 협력하고 있어서 이번에도 신선하고 어린놈들이 셋이나 들어왔잖아."

저건 분명히 선샤인 시티 스쿨 나이트볼 주전들 이야기였다. 수하는 귀를 바짝 세우고 드리프터들의 대화에 집중했다.

"그럼 뭘 해. 우리는 그놈들의 그림자도 볼 수 없는데."

드리프터들은 얼굴이 아주 창백하고, 창가 쪽은 특히 피해서 다녔다. 번들대는 눈으로 자꾸만 늑대인간들을 힐끔대며 킬킬 웃어대는 게 피가 부족한 듯하다.

……전부 내가 어릴 때부터 봤던 드리프터들이랑 똑같아.

어릴 때부터?

듣고 있던 헬리가 놀라 물었다. 수하는 헬리가 놀란다는 게 더 놀라웠다.

왜 그래, 새삼스럽게?

아니, 네가 말해줘서 알고는 있었지만 자꾸 어릴 때부터라고 하니……, 어릴 때 봐봤자 좋을 게 하나도 없는 존재들이잖아.

맞는 얘기였다. 저들이 이야기하는 것만 들어도 그랬다.

"그놈들 아주 새파랗게 어린 게 팔팔해 보이던데, 피도 신선하고 맛나겠어."

"쓸데없는 소리 하지 말고 더 이상 아무도 건드리지 마. 내가 뭐라고 하는 게 아니라 위에서 떨어진 명령이야."

"쳇, 어차피 쓸 피, 좀 나눠주는 게 어디가 어때서?"

"꼬우면 네가 올라가서 항의하든가."

아. 위층에 이들보다 더 높은 자가 있구나.

위를 가리키는 동료의 손짓에 입맛을 쩝쩝 다시던 드리프터는 그건 싫은지 쇠창살에서 물러났다.

수하는 다시 한번 감옥을 살폈다. 몇 명이나 있는지, 향초는 어디어디 걸려 있는지, 싸울 수 있는 사람은 얼마나 되는지 헬리에게 전달해야 했다.

탈출시켜야 하는 사람이 많네.

그렇지? 그리고 여기 선샤인 시티 스쿨 주전들은 보이지 않아. 아무래도 위층으로 가봐야겠어.

조심해.

걱정하지 마. 이만큼 들어왔는데도 다들 눈치채지 못하잖아.

수하는 애써 목소리를 밝게 띄웠다.

짜증이 난 드리프터들이 어슬렁어슬렁 걸어가 어둠에 다시 처박히는 사이, 희끄무레한 안개가 쇠창살 사이를 통과해 위로 가는 계단으로 향했다.

"이야기하는 걸로 봐선 아직까진 옮겨지지 않았나 봐. 세 명이 여기에 있을 가능성이 높아."

헬리의 말에 잔뜩 긴장한 채 귀를 기울이고 있던 늑대소년들은 눈에 띄게 안도하며 한숨을 내쉬었다.

제 역할만 제대로 하고 말은 거의 하지 않고 있던 솔론은 그들의 모습에서 묘한 감정을 느꼈다.

똑같았다. 형제를 걱정하고, 위험에 빠졌다고 하면 미친 듯이 달려가고.

'여태까지 으르렁대던 상대를 이해하고 싶지는 않았는데.'

저들을 이해한다는 건 실로 기묘한 기분이었다. 당연했다. 솔론에게도 너무나 소중한 형제들이 있었고, 절대로 잃고 싶지 않아서 여태까지 악착같이 서로를 지켜주며 끈끈하게 뭉쳐 살아남았으니까.

주변을 둘러보니, 솔론만 그런 게 아니라 뱀파이어 소년들 전부 다 저들을 이해한다는 눈빛이었다.

"어쨌든 세 명이 언급되었으니 수하가 위층으로 올라가 보겠대."

"감옥이 다 차 있다고 하면 이거 상당히 애먹겠는데."

늑대소년들은 희망이 보였다는 것만으로도 벅차 아무 말도 하지 못하는데, 가만히 듣던 지노가 중얼거리며 머리카락을 쓸어 올렸다. 자카가 그의 말에 동의했다.

“맞아. 게다가 그 향초가 골치 아파. 냄새를 맡으면 늑대인간 전력은 아예 없다고 봐도 무방한 거잖아. 그러니까 바깥에서 싸울 수밖에 없지. 안에서 문을 걸어 잠그면 끝이야.”

힘이 빠지게 하는 향이라니. 뭐 그런 물건이 있나 싶지만, 뱀파이어들의 오랜 수명과 늑대인간과의 깊은 원한을 생각해보면 그런 물건이 개발되었을 법도 했다.

“하지만 향초는 내가 끌 수 있어.”

늑대인간 소년들이 고개를 번쩍 들고 모조리 지노를 쳐다보았다. 일단 말은 던졌던 장본인도 놀랄 정도의 속도였다.

“왜? 진짜라니까. 그냥……, 촛불을 끄면 되잖아.”

“저 강물을 퍼다가?”

나자크가 작은 강을 가리키며 물었다.

“하긴 현실적으로 그 방법이 제일 최선이긴 하네. 먼저 너희가 들어가서 초를 끄고…….”

엔지가 고개를 끄덕이며 중얼거리는데, 지노가 고개를 흔들었다.

“아니, 내가 끈다니까. 나 혼자서 한 번에 끌 수 있다고.”

어떻게? 이번에는 이안마저 지노를 쳐다보았다.

물론 지노의 능력상 이론적으로는 가능했지만, 그렇게 섬세한 조절까지는 아직 안 될 텐데?

“보여줘? 잘 봐.”

지노는 주머니를 뒤지다 주유를 하고 받은 영수증을 꺼냈다. 그러곤 아무 신호도 없이 갑자기 영수증에 불을 붙였다. 저거야 저번에 리버필드 시에서 드리프터들과 싸울 때 늑대소년들도 질리게 봤다.

“붙었지? 그리고 다시.”

화르륵. 요란한 소리를 내며 불이 다시 사그라들었다.

“불을 일으켰다가 다시 사그라들게 하는 것 정도는 가능해. 그러니까, 이런 아주 작은 불. 장작불 같은 건 어림도 없지만.”

그건 소화기를 가져와서 꺼야 할 거다, 아마.

자신이 불을 잔뜩 질러놓고 끄지는 못해서 보육원 선생님들을 애먹이던 경험이 많은 지노는 촛불처럼 아주 작은 불 정도야 자신 있었다.

선생님들한테 미안해서라도 불을 끄는 연습을 하려 애썼지만, 불을 끄는 연습을 하려면 먼저 불을 질러야 한다는 게 늘 문제였지.

결국 불을 끄는 건 아주 작은 불일 때나 가능했다. 그러고서 여태까지 쭉 왔다.

"가능하겠어?"

헬리의 물음에 지노는 씩 웃었다.

"딱 이 정도는. 집중한다면. 그다음은 나도 몰라."

"그 정도면 됐어. 네가 집중할 수 있는 시간 정도야 우리가 벌어줄 수 있으니까."

"근데 저기, 잠깐."

엔지가 끼어들었다.

"그 수하란 애가 들어갔다며. 안에서 끄고 나올 수는 없는 거야? 안개잖아. 축축하고 습한 공기라면 촛불은 끌 수 있지 않을까?"

하지만 칸이 고개를 가로저었다.

"그건 안 돼. 이미 정찰을 한 것만으로 대단한데 갑자기 촛불까지 꺼트리면 의심을 더 살 거야."

정찰대는 정찰만 하고 나와야 한다. 더구나 이제 막 안개화에 성공한 수하라면 더 이상의 모험은 하지 않는 게 좋았다.

"카밀과 마한, 루슬란의 생사만 확인하면 그것만으로도 충분해."

지노가 촛불을 끌 수 있단 말이지.

계단을 휙 올라가서 물류창고 2층을 뒤지던 수하는 해결책이 나와 조금 홀가분해졌다.

헬리는 이쪽 상황을 소년들에게 전달할 뿐 아니라, 소년들이 하는 이야기도 수하에게 전달해줬다. 이래저래 바쁘고 정신없을 텐데 참 성실하단 말이야.

별로 정신없지 않은데.

응?

아, 미안. 나한테 한 이야기가 아니었구나.

뒤늦게 무의식적으로 하던 생각까지 헬리가 읽어냈다는 걸 깨달은 수하는 몹시 부끄러워졌다. 조심해야지! 속마음까지는 들키기 싫단 말이다!

네가 들키기 싫어하는 생각은 못 읽어.

들키기 싫어하는 생각을 들킬까 봐 걱정했다는 건 읽었잖아.

아니, 내가 그냥 혹시나 해서 말한 거지 읽은 거 아냐. 정말이야.

헬리는 화들짝 놀라서 여러 번 아니라고 말했다.

수하는 스쳐 지나가는 드리프터들에게 괜히 겁먹지 않기 위해서라도 헬리에게 말을 자꾸 걸었다.

너 그거 알아?

뭐, 뭘?

난 네가 선을 긋는 거로 하도 유명하다고 들어서, 나한테도 그럴 줄 알았어.

난 너한테는 선 그은 적 없어!

알아. 그래서 고맙다고. 너 정색하면 좀 무섭거든.

내가?

어디 보자. 수하는 주변을 둘러보다가 드리프터들이 점점 많아지는 쪽으로 가기로 했다. 그들은 여전히 그녀를 알아차리지 못한다. 하지만 드리프터들이 너무 많아서 몹시 긴장되기 시작했다.

내가 너한테 정색했었어? 언제? 화냈었나?

하지만 당황해서 자꾸만 말하는 헬리의 목소리를 들으면 쿵쾅대는 마음이 그나마 가라앉았다.

여긴 혼자 온 게 아니다. 무슨 일이 있다면 바깥에 있는 헬리가 도와줄 거다. 알고 있는 사실을 계속해서 상기하며 안으로, 더 깊숙한 안으로 들어갔다.

아래층에 널브러진 드리프터들과는 달리 이 층에 있는 드리프터들은 반듯하게 서서 출입구마다 지키고 있었다. 누가 봐도 안쪽에 거물이 있다는 표시였다.

나한테 화낸 적 없어.

헬리에게 말해주며 안으로 가던 수하는 뜻밖에도 저 끝쪽 출입구에서 문을 열고 나오는 드리프터를 발견했다.

"두 시간 후에 배가 들어올 테니까 이제 슬슬 물건들을 실어."

"벌써?"

"나한테 물어보지 마. 일레인이 결정한 일이니까."

드리프터는 '일레인'이라고 할 때 방금 열고 나온 문을 가리키며 낮게 속삭였다. 그러자 모두가 그 말에 복종하듯 조용히 움직이기 시작했다.

수하는 본능적으로 그 문으로 다가갔다. 다가가면 갈수록 아래에서 맡았던 기분 나쁜 단내가 흘러나왔다.

저 안에도 향초가 켜졌어. 냄새가 여기까지 나는 걸 보면 아주 많이 켜놨나 봐.

하지만 아래층과는 달리 이곳은 깨끗했다. 기분이 역하다는 건 여전하지만.

문 안에서는 말소리가 들렸다. 수하는 심호흡을 한 번 크게 한 후에 문을 통과해서 들어갔다.

"……해서, 애들만 한 애들이 넷이 더 있다고?"

묵직한 사람을 툭 내려놓은 뱀파이어가 문을 향해 돌아섰다.

그녀는 그을린 피부에 강렬한 눈을 가지고 있었다. 이 여자가 바로 '일레인'이구나. 수하는 직감했다.

그녀의 손에서 툭 떨어진 이는 얼핏 봐서는 지노처럼 붉은 머리카락을 가지고 있었다. 아니, 아니다. 피투성이가 되어 그렇게 보이는 거다.

기골이 장대한 남자가 셋이나 일레인의 발치에 쓰러져 있었다. 아무 힘도 쓰지 못한 채, 창백하게 피가 빨린 채로.

"예, 예. 넷이 있습니다요. 지금 찾고 있습니다."

일레인 앞에 무릎을 꿇은 이도 힘겹게 말했다. 그도 향초의 영향을 받는지, 허리가 꼿꼿하지 못하고 구부정한 자세였다.

"마땅히 그래야지. 널 살려두는 이유는 그것밖에 없으니까, 사바."

☾

"사바, 라고. 알아?"

헬리가 급히 묻자 늑대인간 소년들의 눈에서 불꽃이 튀었다. 빠드득, 이가 갈리는 소리가 났다

제 27 화

구출
part 2

이 세상에는 수하가 이해하지 못하고 알지 못하던 일들이 아주 많이 일어난다.

누군가의 구구절절한 사연과 가슴 아픈 이야기 한가운데에 갑자기 개입하게 된 수하는 일어나는 일을 숨죽여 관찰했다.

“지금 이놈들이 가지고 있었던 휴대폰을 추적하는 중입니다. 계속 연락하고 있던데요.”

사바라고 불린 늑대인간은 아주 비굴하게 뱀파이어 일레인에게 굽신거렸다.

그는 상당히 젊어 보였지만, 수하는 늑대인간이나 뱀파이어의 나이를 외모만으로는 짐작할 수 없다는 걸 이젠 알았다.

일레인은 타오르는 것 같은 눈을 쓰러진 늑대인간 소년들에게로 돌렸다.

"하긴 이놈들이 입을 열질 않으니……. 어디로 연락했는지는 알아냈나?"

"당연히 알아냈습니다! 리버필드 시였습니다!"

사바는 희망찬 얼굴로 외쳤으나 일레인의 미간이 좁혀졌다.

"리버필드라고?"

"예!"

아. 저 일레인이라는 여자는 리버필드를 드리프터들이 습격했다는 사실을 알고 있다. 수하는 그녀의 표정만 보고도 알아차릴 수 있었다.

"……거기 늑대인간들이 있다는 소문을 듣기는 했지."

"제가 직접 가서 잡아 오겠습니다. 저를 아는 놈들이라 바로 걸려들 겁니다!"

사실은 거짓말이었다.

사바는 이미 저 소년들에게 배신자였고, 소년들이 그를 잡으러 왔다가 도리어 함정에 빠져 드리프터들에게 붙들렸기에 간신히 그가 목숨을 부지했다는 사실을 너무나 잘 알고 있었다.

하지만 지금은 일레인이 그의 목숨을 위협하고 있다. 일단은 그 어떤 거짓말을 해서라도 살아남아야 했다.

"그래? 우리가 드리프터들을 집어넣고도 실패한 걸, 네가?"

무서운 사람이다. 수하는 턱을 쓰다듬는 일레인을 보며 본능적으로 공포를 느꼈다.

어떤 사람들은 손짓과 눈빛만으로도 성격이 드러나는데, 일레인이 딱 그랬다. 그녀는 상당히 잔인한 사람이다.

"하, 할 수 있습니다!"

"……하긴 그쪽 책임자 데이비드가 이제 막 책임자 자리에 올라서 도움이 많이 필요하지."

일부러 사바라는 저 사람을 가지고 노는 게 분명했다.

"나는 이놈들의 피가 필요해."

마시고, 또 마셔서 더 뛰어난 뱀파이어가 되어 계속 위로 올라갈 거다. 일레인의 눈이 욕망으로 번들거렸다.

"최선을 다하겠습니다!"

고개를 바닥에 한 번 더 처박은 사바는 덜덜 떨기만 했다. 어쨌든 일레인의 비위를 맞추면 먹고살기는 한다. 그게 중요했다.

마하바 초원을 누비던 늑대인간들은 싸그리 몽땅 다 이곳, 에스티발 시의 물류창고로 끌려와 사라졌다.

먹고살기는 힘들어졌고, 사바에겐 동족을 팔아먹는 길밖에

남지 않았다. 아니, 그는 적어도 그 길밖에 없다고 주장했다.

동족은 그에게 쉽게 속았고, 뱀파이어들에게는 돈이란 게 있었으니까.

돈. 그래. 절대 없어서는 안 될 돈 말이다!

"나가 봐."

사바가 굽실대며 나가는 사이, 수하는 빠르게 쓰러진 늑대인간 소년들을 살폈다.

셋. 맞다. 머리색이 저마다 제각각인 데다 피도 빨렸고, 두들겨 맞기도 해서 얼굴이 부풀었으나 어쨌든 칸이 보여주었던 사진과 일치했다.

수하야. 나와. 이만하면 됐어.

그때 굳어버린 헬리의 목소리가 그녀를 불렀다.

더 알아봐야 하지 않아? 저 뱀파이어 너무 강력해 보이는데?

수하는 저런 위압감을 가진 사람은 처음 봐서 불안하기만 했다.

저것보다 더 강력한 뱀파이어도 얼마든지 있어. 이미 할 수 있는 건 다 했으니까 어서 나와.

늑대인간 소년들이 처참하게 쓰러진 것을 보고 그냥 나가려니 몹시 찝찝했다. 하지만 어쩔 수 없었다.

"……응?"

일레인이 마침 이쪽을 보며 눈을 가느스름하게 떴기 때문이다. 허공을 응시한다는 건 결코 좋은 게 아니다.

가슴이 덜컥 내려앉은 수하는 그 순간에는 뒤도 돌아보지 않고 벽에 붙은 뒤 얼른 통과해서 나갔다. 너무 놀라서 심장이 쿵쿵쿵쿵 뛰었다.

진정해. 괜찮으니까 다시 돌아와.

나 진짜 놀랐어. 저렇게 무서운 사람 처음 봐.

수하는 한숨을 쉬고 가슴을 쓸어내리며 천천히 허공을 밟고 날아갔다.

안개가 된 몸은 무척 가벼워서 바람이 밀어주는 대로 흘러갔다. 서둘러 이 물류창고에서 벗어나고 싶은 마음만큼 안개는 아주 빠르게 움직였다.

멀리에서 그녀를 보고 있는 헬리가 보였다. 여전히 수하는 안개의 모습인데도 헬리는 그녀를 정확하게 응시하고 있었다.

"어서 와."

혼자 착지할 수 있는데, 그는 굳이 손을 내밀었다. 거절하기도 민망하고, 그렇다고 잡자니 부끄럽다. 지금은 다른 일이 더 중요하니까 이것저것 따지지 말아야지.

수하는 그 손을 잡고 지상에 내려섰다. 희끄무레하던 안개가 다시 인간의 모습으로 돌아왔다.

"고생했어. 너무 잘했어. 무서웠지?"

"응. 아까 그 뱀파이어 너무 무섭더라. 날 발견한 줄 알았어."

휴, 하고 가슴을 쓸어내리며 주변을 둘러보는데 어라, 다들 어디로 간 걸까?

"지금부터 기습하기로 했어."

헬리는 그녀의 표정만 봐도 그녀가 무슨 생각을 하는지 아는 모양이다.

"몇 시간 후에 배가 새로 들어온다면, 그 배에 타고 있을 드리프터들까지도 상대해야 해. 시간은 없고, 따지고 보면 지금

이 저쪽 전력이 최소일 때야."

"그럼 난 뭘 해야 해?"

뭘 하긴. 그냥 여기 있어. 하고 싶은 말은 사실 그건데, 헬리는 입 밖에 낼 수가 없었다.

뭘 하라고 데려온 게 아닌데, 어쩌다 이렇게 됐을까.

그가 잠시 우물쭈물하는 사이, 수하가 고개를 돌렸다. 물류창고 한구석에서 검은 연기가 치솟고 있었다.

지노인가? 아마 그럴 거다. 짧은 시간 사이에 저렇게 큰불이 나는 건 이능력이 아니고서야 불가능하니까.

"응?"

"……나한테서 떨어지지 마."

"응!"

"절대로 무리하지 말고."

"아까도 무리하지 않았잖아."

수하의 씩씩한 반박에 헬리는 한숨을 쉬며 검을 들었다.

"이미 충분히 무리한 거야."

지노가 물류창고 외곽에 커다란 불을 일으켜 드리프터들의 시선을 빼앗았다.

"너 저 불, 계속 유지할 수 있어?"

나자크가 약간 불안하게 물었다. 갑자기 일으킨 불의 규모가 너무 커서 저게 얼마나 유지되려나, 걱정이 되었기 때문이다.

"그건 아무것도 아니라니까. 끄는 게 문제지."

"하하하……."

"나중에 끌 고민을 하면 그게 호사야."

지노는 나자크를 두고 노아에게 손짓했다.

먼저 물류창고 안으로 잠입해서 촛불을 끄는 건 지노와 노아가 하기로 했다. 항상 반듯하게 머리를 넘기고 있던 노아는 이미 장거리 여행으로 머리카락이 잔뜩 흐트러진 채 지노에게 달려왔다.

"가자."

저 멀리에서 불을 발견한 드리프터 하나가 소리를 질렀다.

"으아악, 불이야! 불!"

자. 아직 해가 떠 있다. 햇볕은 그들을 도와줄 것이다. 물론 나머지는 전혀 도와주지 않겠지만. 결국 소년들만의 힘으로

이 물류창고 전체를 엎어버리고 늑대인간들을 구출해야 했다.

지노는 헬리가 설명했던 물류창고 안의 구조를 떠올리며 신중하게 불을 놨다. 아니, 사실은 무척 골치 아팠다. 잘 아는 곳이라면 몰라. 모르는 곳에 어떻게 '안전하게' 불을 놓는단 말인가!

"저기 선착장에도 하나 놔."

끙끙대는 형을 보다 못해 노아가 강 쪽을 가리켰다.

"아. 그래. 그게 좋겠다."

아주 새카맣게 태워야지. 지노의 연둣빛 눈이 살벌하게 번뜩이더니, 선착장에 요란한 소리가 났다.

"……아니, 불을 놓으랬지, 누가 폭파시키랬어?"

기가 막힌 노아가 물었다. 낡은 선착장에 판자들이 모조리 일어나 춤을 추며 바람에 날려 떨어졌다.

저 정도면 배를 댈 곳이 없어 강 한가운데에 정박한 뒤 보트를 내려 뭍으로 가까이 와야 할 판이다.

"뭐, 어쩌다 보니 그렇게 됐네."

지노는 어깨를 으쓱거린 뒤 물류창고 안의 반응을 지켜보았다.

창고 안에 늑대인간들의 힘을 빼는 향초를 잔뜩 켜놓은 이상, 늑대인간 소년들은 아직까지는 도움이 되지 못한다.

해서 칸을 비롯한 늑대인간 소년들은 대기하고, 뱀파이어 소년들이 상황을 우선 정리해야 했다.

결국 다 한통속이었다 이 말이지.

지노가 헬리에게 다시 물었다.

물류창고의 책임자는 여자 뱀파이어이며, 그녀는 리버필드 시를 습격했던 드리프터들의 총 책임자 데이비드를 알고 있다 했다. 결국 다 같은 편이다 이 뜻이었다.

응. 그래. 우리가 제대로 찾아왔어.

……어쩐지 우리 보육원을 습격했던 놈들도 똑같은 놈들이라는 확신이 점점 생기는데.

지노는 사납게 말하며 시커먼 옷을 뒤집어쓴 채 뛰어나오는 드리프터들을 바라보았다. 아직 아니다. 충분히 나올 만큼 나왔을 때 들어가야 했다.

"공격이야?"

"불이잖아! 저거 꺼!"

우왕좌왕하는 드리프터들 사이에서 험악한 욕설도 터져 나왔다.

자, 이제 어디로 들어갈까?

햇볕에 주춤대는 드리프터들은 저보다 약한 개체를 사정없이 내쫓아 불을 끄라고 강요했다. 밀려난 이들은 피부가 벌써 벌겋게 변하기 시작했다. 대단히 고통스러울 거다.

"형."

지노와 함께 그들을 바라보고 있던 노아가 그를 불렀다. 왜 그러냐고 눈짓을 하자, 한껏 진지해진 노아가 말했다.

"우리는 뱀파이어지, 그렇지?"

"그럼 뭐 적당히 피 마시고 살아왔으면서 늑대인간인 줄 알았냐?"

"아, 나는 진지한데 왜 말을 그렇게 해? 아무튼 뱀파이어잖아. 그런데 왜 쟤네는 저렇게 햇볕에 약하고, 힘도 없는데 우리는 멀쩡할까?"

지노는 대답하지 않았다.

"나는 그게 항상 궁금했어."

노아만 궁금한 게 아니라 형제들 모두가 궁금한 일이었다.

"적어도 뱀파이어는 뱀파이어인데 드리프터는 아니라는 거지, 뭐."

한참 생각하던 지노는 아주 단순하게 대답했다.

"그리고 원장선생님이 우리를 숨기려 하셨다는 것 말고, 지금 아는 게 뭐 더 있나? 너무 복잡하게 생각하지 마."

"……응."

하지만, 드리프터들과 마주할 때마다 '나는 누굴까?' 하는 생각이 자꾸만 든다.

분명히 부모님도 있었을 테고, 그들과 같은 뱀파이어들이 어딘가 존재할 텐데 그들은 싸우기만 하고 있다.

"솔론이 더 힘들 거야."

"……아, 그러겠네."

솔론은 이 문제에 더해 늑대인간 혼혈이기까지 하니 더더욱 외로울 거다. 안 그래도 혹시나 향초 영향을 받을까 봐, 헬리는 솔론을 일찌감치 뒤로 빼놓았다.

지노, 노아, 이쯤에서 진입해. 우리도 간다.

헬리에게서 연락이 오자마자 두 사람은 자리에서 벌떡 일어났다. 나왔던 드리프터들이 소리를 질러대기 시작했다.

"아악! 습격이다!"

바깥에서 대기하고 있던 늑대인간 소년들이 드리프터들을 물고 내동댕이치기 시작했다.

"도와줘!"

"어딜 짐승 새끼들이 감히!"

물류창고 안에서 불이 났다는 소리에 귀찮아하고 있던 드리프터들이 우왕좌왕했다.

"잠금장치 신경 써!"

"야, 그래도 니들 구하겠다고 누가 오긴 했나 보다? 어? 좀 있다 같이 쳐넣어 줄게."

아까 늑대인간들의 피를 빨겠다고 어슬렁거리던 드리프터 하나가 감옥 쪽으로 다가가 쇠창살을 툭툭 치며 질 떨어지는 웃음을 지었다.

감옥 복도에는 아무도 없었고, 그 너머에 각자 좁은 방에 갇혀 옴짝달싹못하는 늑대인간들만 그를 노려보았다.

"어쭈, 노려보면 어쩔 건데?"

들어가서 좀 때려줄까, 하고 이 와중에도 그런 고민을 하던 드리프터는 갑자기 귓가를 스치는 차가운 공기에 움찔거렸다.

"응?"

그를 스쳐 감옥 안으로 들어간 공기는 곧 사람의 형상으로 바뀌었다.

"어?"

드리프터는 멍하니 감옥 복도에서 감옥과 그 바깥을 가로지르는 쇠창살을 향해 선 여자를 바라보았다.

앳된 얼굴의 소녀다. 그녀는 단호한 얼굴로 왼손을 쫙 펼쳤다.

쾅!

요란한 소리와 함께 물류창고를 가로로 가로지르던 쇠창살이 폭발하듯 뜯겨나갔다. 늑대인간들을 비웃던 드리프터는 쇠창살에 얻어맞은 채 그대로 함께 날아갔다.

묵직한 쇠창살이 물류창고 안을 나뒹굴며 드리프터 여럿을 깔아뭉개고, 때렸다. 드리프터들은 비명도 지르지 못한 채 쓰러졌다.

"휴……."

수하는 긴 숨을 한 번 뱉어냈다. 무겁던 마음이 아주 시원했다.

제 28 화

구출
part 3

모든 건 다 시간 싸움이다. 더구나 누군가를 구출하는 입장은 몹시 불리할 수밖에 없었다.

그래서 수하가 쇠창살을 드리프터들을 향해 날려버려 시간을 버는 사이, 지노와 노아는 지체하지 않고 뛰어들어 벽에 걸린 향초부터 해결했다.

"다시는 켜지도 못하게 해버려."

손짓만으로 눈에 보이는 향초들의 온도부터 낮춰 불을 꺼버린 지노는 뒤늦게 눈에 들어오는 감옥 상태를 보며 치를 떨었다.

노아는 말없이 꺼진 향초들을 보이는 대로 다 뜯어내 바닥에 던졌다. 그래도 여전히 좁고 불편한 감옥 안에는 향초의 끈적대는 단내가 남아 있었다.

"와, 냄새. 여기 환기를 좀 해야겠네!"

쾅, 하는 소리와 함께 나무로 된 물류창고 문이 하나 뜯겨져 나갔다.

물론 문을 뜯었다 해서 얌전히 두는 게 아니라, 그대로 드리프터들 쪽으로 휙 던져버린 이안이 저벅저벅 걸어 들어왔다.

순식간에 문을 통해 바람과 햇빛이 물류창고 안으로 빠르게 들어왔다. 드리프터들은 눈을 가리고 비명을 질렀다.

"괜찮아요? 일어날 수 있겠어요?"

수하가 나머지 쇠창살을 뜯어내며 늑대인간들을 흔들어 깨웠다. 의식은 있지만 힘은 없었던 그들은 신음했다.

"일어나요. 여기서 나가야 해요."

이안이 곁에서 서둘러 각각 좁은 감옥에 붙은 쇠창살을 뜯어내서 어떻게든 반격하려는 드리프터들에게 던져대고 있었다. 상황을 본 이안이 수하에게 외쳤다.

"여긴 나랑 자카한테 맡기고 너넨 얼른 올라가."

순식간에 열린 감옥에서 힘없이 늘어진 아이들부터 사라지기 시작했다. 늑대인간 구출 담당인 자카가 빠르게 움직이면서 아이들부터 옮기는 거다.

수하는 고개를 끄덕이며 헬리와 함께 계단으로 향했다.

자카는 축 늘어진 늑대인간 아이 둘을 하나는 옆구리에 끼고, 하나는 어깨에 걸친 채 바깥으로 나왔다.

“고마워. 안쪽 상황은 어때?”

아이들을 보자마자 손을 뻗는 타헬의 다급한 표정에 자카는 잠깐 멈칫했다. 늑대인간에게서 이렇게 쉽게 ‘고맙다’라는 말을 들을 줄은 몰랐기 때문이다. 그건 꽤나 어색하고, 또 이상하면서도 불쾌하지는 않은 일이었다.

“이제 시작이야. 어린애들도 생각보다 많고, 나이 드신 분도 너무 많아. 일어날 수 있을지 모르겠어.”

타헬은 자카에게서 아이들을 받았다.

“알겠어. 우리는 5분 있다가 바로 들어갈게.”

“너는 들어오지 마. 누군가는 쓰러진 사람들을 돌봐야지.”

그 말에 타헬이 바로 발끈했다.

“나도 싸울 수 있어!”

“그러니까 지키라는 거 아냐. 기다려. 더 데리고 올 테니까.”

막내들은 다 저러나? 자카는 고개를 가로저으며 다시 물류창고 안으로 들어갔다.

자카가 움직일 때마다 사방이 느리게 돌아간다. 그는 그래서 상황판단을 훨씬 정확하고 침착하게 할 수 있었다.

어디 보자. 수하가 던진 가장 커다란 쇠창살이 드리프터들에게 가장 피해가 컸고, 그다음은 역시나 이안이 던져댄 문과 쇠창살이다.

역시 머릿수가 밀릴 때는 큰 걸 집어던지는 게 최고구나. 앞으로는 이안과 수하 옆에 꼭 붙어 있어야겠다.

"아, 해가 빨리 졌으면 좋겠네, 진짜!"

성질을 버럭버럭 내면서 싸우는 건 노아다. 역시 어려서 혈기가 넘치는구나. 안 그래도 이안이 문을 잡아 뜯는 바람에 어둠을 이용해서 싸우는 노아가 좀 귀찮아진 건 사실이었다.

"성질은."

자카는 고개를 흔들었다. 빛이 있다면 그림자는 더 짙어지는 법. 까매진 그림자에 숨거나, 그림자 그 자체를 움직여서 잘도 싸우고 있으면서 말로는 저런다.

"누구 좋으라고 해가 빨리 졌으면 좋겠대?"

어이가 없어진 이안이 노아를 쳐다보면서도 드리프터 하나를 잡아다 또 던져버렸다. 시온은 대꾸도 않고 그에게 달려들려는 드리프터들을 벽에 딱 붙여버리던 중이었다.

자, 저쪽은 신경 끄자. 자카는 붙들렸던 늑대인간들에게 다시 다가갔다.

"일어나 봐. 괜찮아?"

아이들부터 내보내려는데 눈이 마주친 늑대인간들은 자카가 뱀파이어라는 걸 알고 흠칫 놀란다. 씁쓸하기보단 노아와 시온, 그리고 이안에게 사정없이 얻어터지고 있는 저놈의 드리프터들에 대한 살의가 치밀어 올랐다. 아직 한창 어린애들한테 무슨 짓을 한 건가.

"밖으로 나가자."

바깥에 늑대인간들이 있다고 얘기를 해줘봤자 안 믿을 테니까, 자카는 무뚝뚝하게 말하고 아이들을 다시 훽 들어 올린 뒤 그 자리에서 곧바로 사라졌다.

자카가 사라지자마자 위쪽 계단에서 콰당탕, 하는 요란한 소리가 나더니 드리프터 둘이 굴러내려왔다.

이안은 저 위를 쳐다보다가 문득 시온과 눈이 마주쳤다. 아무래도 둘은 똑같은 생각을 한 모양이다.

"이제 시작이네. 뭐, 어쩔 수 없잖아."

시온은 어깨를 으쓱거린 뒤 굴러떨어져 정신을 못 차리는 드리프터들을 확실하게 처리했다.

"5분만 버티자고. 버티면 저 밖에서도 들어오기로 했잖아."

"들어오기 전에 끝내야지!"

우렁차게 외친 이안이 계속해서 징그럽게 나타나는 드리프터들을 상대했다.

"쓸데없는 데 자존심 걸지 마."

시온이 고개를 흔들었지만, 아무래도 노아는 이안을 따라 자존심을 걸기로 한 모양이다.

하필 저 둘이랑 같이 있게 되다니. 시온은 괜히 투덜거려본 뒤 위층을 잠깐 올려다보았다.

지금 위로 올라간 건 수하와 헬리, 그리고 지노뿐이었다.

매캐한 연기와 타는 냄새가 조금씩 향초의 지독한 단내를 뒤덮고 있었다.

☾

감옥의 참혹한 모습을 지노가 예상하지 못했던 건 아니었다. 그도 형제들과 함께 도피 생활을 하면서 보지 말아야 할 장면을 너무 많이 봤던 터라 그렇게 순진하지는 않았다.

하지만 실제로 눈으로 확인하면, 아무리 익숙한 장면이라 해도 익숙한 만큼 분노가 치밀었다. 그래서 지노는 그 분노만큼 향초를 꺼트리고, 짓밟았다.

"으, 아, 부, 불이……!"

누군가는 말을 완성하지도 못하고 쓰러졌고, 혹은 2층 창문을 통해 떨어졌다. 또는 2층 창문을 깨면서 들어왔다.

"어?"

지노가 눈을 휘둥그레 떴다. 2층 창문을 깨고 난입해 들어온 건 뜻밖에도 칸이었다. 그는 들이닥치자마자 일단 눈에 보이는 드리프터들은 죄다 공격하기 시작했다.

"야, 너 5분 있다가 들어온다며!"

"나는 괜찮아!"

"그런 게 어디 있냐, 인마!"

"애들 어디에 있는데?"

지노가 뭐라 하든 말든, 칸은 수하를 보며 물었다.

수하는 복도 끝을 눈으로 가리켰다. 금세 칸의 표정이 착잡해졌다.

일단 거리가 너무 멀었지만, 이 길 말고는 동생들이 쓰러진 곳에 접근할 만한 길이 전혀 없었다. 가장 걱정되는 건 동생들이 인질이 되었을 때다. 그리고 칸은 그럴 가능성이 거의 100퍼센트라는 걸 잘 알았다.

하지만 어쩌겠나. 방법이 이것밖에 없다면 최선을 다하는 수밖에.

"으아악, 저것들은 뭐야?"

"어디서 튀어나온 거야, 왜 이렇게 많아?"

정확하게 말해 지금 힘을 합쳐 싸우는 소년들의 인원이 드리프터들보다 결코 많은 건 아니었다.

하지만 허공을 가로지르는 불덩어리나 갑자기 바닥에서 튀어나와 붙잡는 그림자, 벽에 매달려 떨어지지 못하게 만드는 신비한 힘을 상대하다 보면 강력한 이가 너무나 많게 느껴지는 법이다.

"저게 뭐야?"

소년들이 가장 많이 듣는 질문은 바로 저거였다. 언제나 질문을 한 이는 대답을 듣지 못하고 죽었다. 드리프터들끼리만 살던 세상에 갑자기 나타난 소년들은 이해할 수 없는 존재인 게 분명했다.

하긴, 사실은 소년들 자신도 스스로가 누구인지 계속해서 답을 찾으려 애썼다.

현실주의자인 자카는 지금 제대로 살면 그게 바로 자신이라고 했고, 솔론은 자신의 몸에 흐르는 늑대인간의 피를 때론 부정하려 했다.

그리고 헬리는 과거를 뒤적이며 원장선생님이 남겨둔 단서에서 자신을 찾으려 애썼다.

"으, 아아악!"

헬리가 휘두르는 은빛 검날이 희미한 어둠 안에서도 무섭게 번뜩일 때마다 쓰러지는 이 대신 그 모습을 목격한 이가 비명을 질렀다.

"괴물! 괴물이다!"

완전히 공황상태에 빠진 어떤 드리프터는 엉금엉금 뒤로 기어가면서 시커먼 드리프터의 피를 뒤집어쓴 헬리를 향해 그렇게 외치기도 했다.

괴물이라니. 지노는 얼굴을 찡그렸다. 지들은 더 끔찍한 괴물이라, 해선 안 될 짓을 스스럼없이 했으면서.

괴물이라니, 저렇게 잘생긴 괴물이 어디 있어? 미쳤나 봐, 진짜. 콱, 그냥……!

콱, 그냥, 하고 말이 끝나기도 전에 괴물이라고 외치던 드리프터는 묵직하게 퉁, 하고 튕겨져 나갔다. 진짜 말도 안 되는 소리다.

발끈해서 씩씩대며 드리프터에게 본능적으로 본때를 보여준 수하는 곁에서 풋, 하고 웃는 소리가 들려오자 뒤늦게 얼굴이 벌게졌다.

내가 설마 헬리 너한테 들리게 말했니……?

나 들으라고 한 소리 아니었어? 너무 크게 들렸는데.

으아아악! 수하는 소리 없는 비명을 지르며 무조건 앞을 뚫어버리기 시작했다. 성실하게 드리프터들을 없애던 칸이 황당할 만큼 엄청난 힘이었다.

그런데 다행이다. 그래도 내가 잘생겼다고는 생각하고 있었구나. 기쁘네.

너, 너더러 못생겼다고 하는 사람이 이상한 거야!

심각하게 싸우는 와중에 이런 말을 헬리와 주고받게 될 줄은 몰랐던 수하는 그를 제대로 쳐다보지도 못하고 속으로만 외쳤다.

그녀가 조금만 더 여유가 있었다면, 헬리도 그녀를 전혀 쳐다보지 못하고 있다는 걸 눈치챘겠지만 아직까지는 그 단계까지는 발전하지 못했다.

사람마다 취향이 달라서 좀 걱정했거든.

걱정은 무슨. 헬리가 걱정을 할 외모는 아니었다.

수하는 더 이상 아무런 말도 못 하고 그저 앞을 마구 뚫어버리는 것에만 집중했다. 일단 몰리는 힘이 강하니, 갑작스러운 급습에 드리프터들이 낙엽처럼 우수수 굴러갔다. 아니, 수하는 그런 줄 알았다.

"……수하 너 어째 더 세졌다?"

"나, 나? 내가?"

내가 언제? 수하가 놀라서 지노를 보며 묻는데, 쾅, 하는 굉음을 또 만들었다.

"……거봐."

아예 구조물이 뜯겨져 나가기 일보 직전이다.

"너 좀 흥분한 거 같아. 진정해. 우리도 쓸려 보내면 안 돼."

지노는 그녀를 놀리는 데 재미가 붙었는지 씩 웃었다.

"그건 나도 장담 못 하겠으니 알아서 조심하는 게 좋겠어."

수하의 한마디에 웃는 얼굴이 단숨에 굳어버렸지만 말이다.

그녀는 지노를 힐끗 보며 웃어버린 뒤 한 번 더 문을 거세게 밀어내기 위해 집중했다. 저 문을 계속 열어야 칸의 동생들이 있는 곳까지 더 가까이 갈 수 있다.

"미리 말해두는데, 그 사바란 놈은 내가 알아서 할게."

칸이 미리 양해를 구해두는 순간이었다. 헬리가 막 고개를 끄덕이려 했고, 지노는 드리프터 하나를 구워버리고 있었다. 그리고 수하가 문을 박살내려 힘을 막 내보내던 참이었다.

덜컥, 소리와 함께 문이 열렸다.

"아."

아이고. 큰일 났다. 수하가 아차 싶었지만 이미 내보낸 힘을 되돌릴 수는 없었다.

문을 열고 나온 사바는 그대로 수하의 힘을 얻어맞고 뒤로 다시 날아가 버렸다. 쾅, 하는 요란한 소리가 당연히 뒤따랐다.

으, 어쩌지. 수하는 칸을 돌아보았다.

"미안……."

배신자라 잡히기만 하면 가만두지 않겠다고 이를 바득바득 갈고 있던 칸이 꼭 한 방 먹이고 싶었을 텐데.

하지만 칸은 오히려 눈을 번쩍 빛냈다.

"아니, 저놈은 저 정도로는 안 죽어. 쥐새끼 같은 놈이라 생존력 하나는 대단하거든."

그리고 이 정도로 죽으면 안 되지. 죽었으면 멱살을 잡아서라도 다시 살려낼 거다.

칸은 살기를 품고 저벅저벅 앞으로 걸어갔다. 어디에 있나 훑었는데, 1층에서 튀어나오는 것도 없어서 직접 2층까지 올라오길 잘했다.

바깥은 어때?

헬리는 수시로 바깥 상황을 확인했다.

뭐, 끝도 없지. 저번 리버필드에서 붙었던 때랑 똑같아.

이안의 대답에는 긴장감이 가득했다. 그때는 갑자기 늑대인간 소년들이 지원을 왔고, 뜻밖의 수하까지 나타났지만 지금은 제약이 몹시 많았다. 힘이 되어줄 솔론도 바깥에만 있었고, 아래 미처 빠져나가지 못한 늑대인간들도 지켜야 한다.

할 만하니까 걱정하지 마. 어떻게든 될 거야.

그런 그의 생각을 읽었는지 이안이 힘주어 말했다. 하긴 리버필드 시에서도 살아남았는데 이곳이라고 살아남지 못할까.

헬리는 문득, 복도 끝을 바라보았다.

"이런 머저리 같은 놈들!"

수하가 어떻게든 다시 한번 돌파하려고 애썼지만, 새카맣게 밀려드는 드리프터들을 떼어내느라 미치지도 못했던 마지막 문이 열렸다.

"어린 것들 몇이 오는 것도 못 막아?"

성질을 내는 이는 이 물류창고 책임자인 일레인이었다.

칸은 수하가 그녀를 왜 '강렬한 인상'이라고 했는지 보자마자 알았다.

그녀는 혼자가 아니라, 저보다 덩치가 큰 사내의 머리채를 잡아 질질 끌고 나왔다. 칸은 쓰러져서 힘도 쓰지 못하는 그가 누구인지 바로 알아보았다.

"마한……."

강대한 늑대인간이 향초의 단내에 절여지다시피 하여 아무 힘도 못 쓰고 있었다. 약간 길어져서 목덜미를 덮을 정도로 대충 잘라낸 머리카락 사이로 이빨 자국이 선명하게 보였다. 그는 의식을 제대로 차리지도 못해서, 지금 무슨 일이 일어났는지도 알지 못하는 것 같았다.

몇 달 만에 마주한 동생의 참혹한 몰골에 칸의 갈색 눈이 무섭게 타오르기 시작했다.

제 29 화

구출
part 4

에스티발 시 물류창고는 아주 중요한 역할을 하고 있었다.

물론 중요한 지역이 에스티발 시만 있는 건 아니다.

오랜 사업인 수색을 위해 일하는 뱀파이어들도 뭐, 비중이 있다면 비중이 있었지만 거긴 젊은 놈들이 사고만 뻥뻥 쳐대는 곳이다.

그에 비해 소중한 늑대인간들을 끌어모아 꼬박꼬박 보내는 이 물류창고가 훨씬 중요하지 않은가!

적어도 물류창고 책임자 일레인은 그렇게 생각하고, 스스로 하는 일에 대해 자부심도 느끼고 있었다.

"고작 애새끼들 몇을 못 막아?"

그래서 지금 무척 화가 났다. 그녀의 목표는 여기에서 잘 해내서 더 위로 올라가는 것이다.

고위 뱀파이어들과 어울리고, 그들에게 인정받고, 또 같은 고위 뱀파이어가 되고 싶었다.

그런데 지금 물류창고의 꼴을 보라.

"내가 막으라고 했잖아!"

1층에서 갑자기 소동이 일어났길래 서둘러 처리하라고 했지만, 그 말을 한 지 10분도 되지 않아 2층이 뚫렸다. 어떻게 여기엔 죄다 머저리들만 가득하단 말인가.

그런 식으로 부하들을 키우지 않았는데, 그녀가 위로 올라가는데 든든한 받침이 되어야 할 놈들이 지금 가을에 낙엽 떨어지듯 굴러가고 있었다.

어처구니가 없었다. 눈 돌아간 애새끼들 몇 명이 뭐 그리 대수라고.

"향초 가져와!"

하지만 그녀의 말을 들을 수 있는 드리프터들의 수가 눈에 띄게 줄었다. 저 1층에서는 무슨 일이 벌어지는 건지 온갖 비명소리와 굉음이 난무했고, 때로는 건물이 통째로 흔들렸다.

됐다. 이 무능한 놈들은 나중에 따로 처벌하기로 하고, 일레인은 모처럼 젊은 늑대인간들의 피를 빨아 펄펄 날뛰는 힘을 써보기로 했다. 그녀는 상황파악이 매우 빨랐다.

수하야, 마지막 향초는 네가 꺼줄래?

헬리의 말이 무슨 뜻인지 바로 알아들은 수하는 순식간에 안개로 변해 길다면 길고, 또 짧다면 짧은 복도를 지나 일레인을 스쳤다.

일레인 뒤에 있는 마지막 방에서 향초의 단내가 짙게 흘러나오고 있었다. 눈에 보이는 사람 중, 수하가 사라졌다는 걸 알자마자 일레인이 움직였지만 그녀가 안개를 붙잡을 수는 없는 노릇이었다.

"물러나, 이 애송이들아."

일레인은 상황판단이 매우 빨랐다. 그녀는 축 늘어진 마한의 목덜미를 쥐고 위협하듯 으르렁댔다.

자카. 좀 올라와.

물론 그녀의 생각을 읽고 있는 헬리 역시 판단이 빨랐다.

아직 늑대인간들을 다 못 구했는데?

1층은 슬슬 냄새가 빠지고 있잖아. 솔론이 들어와도 괜찮을 것 같아. 빨리 와.

헬리는 눈을 가느스름하게 뜨고 일레인을 노려보았다.

아무래도 예상했던 대로 인질극을 벌일 것 같아. 수하 혼자만으로는 벅차.

그가 자카를 서둘러 호출하는 사이, 복도에 우뚝 선 일레인이 소년들을 노려보며 위협적으로 말했다.

"네 소중한 동족이 다치는 걸 원하지 않는다면 물러나."

말을 하던 일레인은 멈칫거렸다. 아니, 잠깐.

"뭐래는 거야?"

퉁명스럽고 까칠한 목소리가 등 뒤에서 새로 등장하자 칸이 휙 돌아보았다. 계단을 터덜터덜 올라온 시온이 몹시 심드렁한 표정으로 이쪽을 보고 있었다.

자카는 어디 가고 네가 왔어?

헬리가 놀라서 시온을 쳐다보며 이능력으로 물었지만, 그는 영 귀찮다는 듯 금발 머리카락을 손으로 흩어놓으며 말로 대답했다.

"걔나 나나."

상관없지 않나. 어깨를 으쓱거린 시온은 일레인을 힐끗 쳐다보았다.

"그런데 쟤는 우리가 뱀파이어인지 늑대인간인지도 구분을 못 해?"

화려한 시온의 얼굴에 비웃음이 가득했다.

"그러니까 꼴랑 향초라도 피워서 누가 누군지 구분하는 거구나."

말투는 비비 꼬였고, 눈웃음은 화사하다.

수하가 열심히 향초를 꺼버리고 마한을 제외한 다른 늑대인간 소년들이 어디 있는지 확인하는 시간을 번 시온은 가만히 일레인을 응시했다.

되겠어?

시온의 다른 이능력을 알고 있는 헬리가 물었다.

여태까지 본 뱀파이어 중에 제일 강한 것 같은데. 하지만 뭐 어쩌겠어.

시온은 씩 웃었다.

계속 도전해야지.

헬리는 한숨을 쉬었다.

……자카야, 빨리 올라와…….

아, 좀, 날 믿어보라고.

시온의 도발이야 어차피 찰나에 불과했다. 데이비드와는 달리 일레인은 경험도 많고, 연륜도 있어 보였다. 그녀는 약간 미간을 꿈틀거릴 뿐, 저런 가벼운 도발에 훅 넘어가 심하게 화를 내는 성격이 아니었다. 그저 이 생각지도 않은 조합에 고개를 갸우뚱거릴 뿐이다.

"살다 살다 이런 일은 처음 보는데."

뱀파이어와 늑대인간들의 조합이라니. 이건 불가능했다.

드리프터를 비롯한 상위 개체들은 흡혈 욕구를 참지 못했고, 더구나 늑대인간들의 피는 아주 귀하고 소중했다. 조금만 마셔도 힘이 넘쳐나니까.

그래서 일레인은 오랜만에 제대로 된 늑대인간들의 피를 마셨기 때문에 지금 이 상황을 보고도 태연할 수 있었다.

그녀의 경험과 실력, 그리고 새롭게 얻은 힘이라면 인질극 몇 번에 이 애송이들을 다 쓸어버릴 수 있을 거다.

"세상이 바뀐 지가 언젠데. 이런 데 처박혀 있지 말고 바깥에 나와서 신선한 공기도 좀 마시고 그래."

비꼬는 걸로는 시온에게 지지 않는 지노가 덤벼드는 드리프터 하나를 태우며 덤덤하게 중얼거렸다.

"나는 분명히 뒤로 물러나라고 했다, 이 어린 것들아. 험한 꼴 보기 싫으면 당장 나가."

뱀파이어들의 힘을 빌려서라도 구하러 올 정도로 소중한 존재겠지. 그러니 인질로 삼기도 딱 좋다.

일레인은 마한의 목덜미를 틀어쥐고 협박했다. 갑자기 사라진 여자애가 몹시 신경 쓰였지만, 지금은 그런 것까지 따질 때가 아니었다. 믿을 거라곤 피를 잔뜩 빨려서 숨만 간신히 붙어 있는 인질뿐.

'침착하자.'

일레인은 흔들리지 말자고 속으로 다짐했다. 하지만 그녀도 당황할 수밖에 없었다.

생각지도 못한 조합에, 상상할 수도 없는 속도로 모든 게 엉망이 되었다. 여기저기에선 아직까지도 불길이 치솟았다. 매캐한 연기와 타는 냄새가 지독하기만 했다.

그러니까 침착해야 했다. 드리프터를 넘어서서 여기까지 온 자존심이 있지, 저딴 새파랗게 어린놈들에게 굴복할 수는 없었다!

일레인의 주위로 간신히 2층에서 생존한 드리프터들이 몰려들어 그녀를 감쌌다. 그래봤자 다섯이다.

잔챙이네.

칸은 헬리를 힐끗 보며 중얼거렸다. 말 그대로 저 다섯은 소년들에겐 이젠 손쉬운 상대에 불과했다. 실전을 거치고 스스로의 실력을 확인하면 자신감이 붙는다.

잔챙이지.

헬리도 칸의 말에 동의했다.

하지만 마한이 인질로 붙잡혀 있어. 나머지 루슬란과 카밀은…….

당장 달려들자니 일레인의 억센 손이 당장이라도 마한의 목을 꺾어버릴 것 같은 불길한 기분이 들어 섣불리 움직이지도 못했다.
그때 수하의 밝은 목소리가 헬리에게 들려왔다.

향초 다 껐어! 여기 나머지 애들 둘이 있어! 쇠사슬에 묶이긴 했지만 괜찮아. 숨 쉬고 있어.

헬리는 문득, 그와 형제들은 아마 드리프터를 뛰어넘고 그 위의 뱀파이어들까지 뛰어넘은 존재가 아닐까, 하고 어렴풋이 추측했다. 기습에 당한 일레인은 강해 보였으나, 그게 다였다.

시온.

헬리의 신호를 받은 시온의 눈이 정확하게 일레인에게 고정되었다.

눈과 눈이 마주쳤다. 칸은 긴장한 채로 시온과 헬리를 바라보았다. 가장 중요한 일은 일레인의 손에서 마한을 무사히 빼내는 것이다.

"놔."

시온이 간단명료하게 명령했다. 그러자 일레인의 얼굴 근육이 기괴하게 꿈틀거렸다. 시온의 말을 따르는 듯도 하고, 따르기 싫어 거부하는 것처럼도 보였다.

"아니, 안 돼. 움직이지 마."

'놔'에서 '움직이지 마'로 바뀌었다. 시온의 이마에 순식간에 진땀이 맺혔고, 헬리는 일레인을 힐끔대는 드리프터들에게로 검을 세웠다.

형. 붙잡는 건 가능해.

집중하느라 안간힘을 쓴 시온이 자존심 상해 죽겠다는 목소리로 헬리에게 말했다.

그걸로도 충분해.

다정하게 말한 헬리는 어느새 올라와 서 있던 자카에게 눈짓을 했다. 그러자 자카가 눈에 보이지도 않는 속도로 일레인을 향해 다가갔다.

그녀는 완전히 굳어버린 채 축 늘어진 마한을 손에 꽉 쥐고 있었다.

'아, 이건 좀 곤란한데.'

모든 이가 평범한 시간대를 느끼고 있는 동안, 홀로 빠르게 움직이고 있는 자카는 꽉 쥔 손을 곤란하다는 듯 바라보았다. 부디 일레인의 악력이 그렇게 세지는 않길 바라야겠다.

자카는 일레인이 마한을 쥔 만큼 자신의 주먹도 꽉 쥐었다. 그러곤 일레인의 손목을 향해 날렸다.

쾅!

일레인은 그대로 엄청난 속도와 함께 내질러진 주먹에 나동

그라지고 말았다.

공격해!

헬리는 가릴 거 없이 모두에게 외치며 드리프터들을 베어내기 시작했다.

"괜찮아? 도와줘?"

쓰러진 나머지 늑대인간 소년 둘을 살피며 쇠사슬을 뜯어내던 수하는 이쪽으로 마한을 짊어지고 도착한 자카를 바라보았다.

"무겁긴 한데 할 만해. 괜찮아."

자카는 고개를 저으며 마한을 내려놓았다.

"지독하게 피가 빨렸어. 여태 정신을 못 차리는 걸 보니 수혈이 필요할지도 모르겠어."

그의 말대로, 늑대인간 소년 셋은 핏기 하나 없이 창백하게 질리기만 했다.

자카는 말을 하다 말고 이쪽을 공격해 오는 드리프터를 상대했다.

절대로 늑대인간 소년들을 다시 빼앗겨서는 안 된다. 이능력의 한계를 깨달은 시온은 또 다른 이능력을 활용해 드리프터들을 벽에 휙 몰아 붙여두었다.

그는 좀 짜증이 났다. 이건 잘 되는데, 왜 매료시켜서 조종하는 건 마음대로 안 되나.

짜증 나.

사람의 의식을 건드리는 건데 당연히 어렵지.

헬리가 그 와중에도 시온이 속으로 중얼거리는 걸 들었는지 다정하게 말해줘서 어린애처럼 더 심통이 났다.

바꿔 말하면, 헬리는 사람의 의식과 관련된 이능력을 아주 능숙하게 사용하고 있다는 이야기고, 시온은 아직은 실력이 부족하다는 뜻이었다. 그는 괜히 입술을 삐죽거렸다.

내가 잘했으면 좋았는데.

자카가 움직일 시간을 벌었잖아. 그 정도도 훌륭한 거야. 자책하지 마.

헬리의 말은 거기에서 끊어졌다. 손목이 부러졌다는 것에 충격을 받고 잔뜩 흥분한 일레인과 정통으로 부딪쳤기 때문이다.

"이……!"

솔직히 칸은 일레인이 그다음에 쏟아내는 말은 모르는 언어였기 때문에 알아듣지 못했다.

"뭐래는 거야?"

"옛날 말로, '새파랗게 어린 생쥐들이 겁도 없이', 그다음은 욕이야."

갑자기 불쑥 나타난 자카가 설명해준 뒤 또 휙 사라졌다.

"……잰 또 뭐야?"

뱀파이어들과 함께 싸우는 건 두 번째였지만, 여전히 칸에게는 어색하고 적응되지 않는 일이었다.

칸이 싸우는 방식을 뱀파이어 소년들이 바로 알아차리고 발 빠르게 합을 맞춰줘서 효율은 극대화되었지만, 마음은 아직까지 조금 불편했다.

그 와중에 구석에 던져놨던 사바가 꿈틀거리며 일어나더니 주변을 살피곤 도망치려고 했다.

"어어?"

그걸 칸과 동시에 발견한 지노가 사바가 도망치려던 방향으로 불을 훅 일으켰다.

"흐아아악!"

"야, 자카야, 어디 묶을 거 없냐?"

어디에 있는지도 모르는 자카에게 지노가 크게 외쳤다.

"여기."

자카가 또 불쑥 나타나 더러운 쇠사슬을 가져오는 걸 확인한 칸은 그쯤에서 일레인과 헬리가 무섭게 싸우는 쪽으로 뛰어들었다.

"읏……!"

일레인은 악귀처럼 싸웠다. 그녀의 공격을 막는 칸도 생각보다 센 충격에 약간 비틀거릴 정도였다.

이 뱀파이어, 내 동생들의 피를 어지간히도 마셔댄 모양이야.

아, 그래서 이렇게 팔팔한 거였어?

헬리는 그제야 알겠다는 듯 고개를 끄덕이며 칸과 함께 매서운 공격을 퍼붓기 시작했다.

당연한 거 아니야? 너 도대체 뱀파이어에 대해 아는 게 뭐야?

지도 뱀파이어면서! 칸은 이 뱀파이어 소년들과 부딪칠 때마다 점점 어이가 없었다.

몰라.

싸우면서도 통명스럽게 대답하는 헬리의 대답에 칸은 생각했다.

아, 이 새끼 싫어.

두 소년은 그러면서도 미쳐 날뛰는 일레인을 몰아붙였다.

솔직히 실전에 나선 지 꽤 되었지만, 뱀파이어의 힘은 실전 따위로 늘어나는 게 아니란 걸 잘 아는 일레인은 돌아버릴 지경이었다. 그녀가 알던 상식이 죄다 파괴되고 있었다.

'뱀파이어가 늑대인간을 도와?'

일단 그것부터가 말이 안 되는데, 검을 쥔 소년 뱀파이어와 붙으면 붙을수록, 그리고 그 소년 뒤에 더 많은 소년 뱀파이어들이 나서서 그녀를 공격할수록 힘의 차이가 여실히 느껴졌다.

'말도 안 돼…….'

이건 마치 일레인이 어떻게든 넘고 싶었던 벽과 마주할 때와 똑같은 느낌이다.

그녀보다 더 윗급의, '신성한 피'를 마시고 뱀파이어가 된 고귀한 자들의 솜씨를 확인할 때와 같았다.

압도적인 능력과 결코 넘볼 수 없는 재능의 차이.

일레인이 이 더러운 창고에서 버티면서 절실히 바라고 바랐던 능력을 저 애송이들이 다 가지고 있었다.

'말도 안……!'

일레인의 사고는 거기에서 뚝 끊겼다. 어느 순간, 그녀를 몰아가던 칸과 헬리가 슬쩍 몸을 뺐다. 그리고 그녀의 뒤통수를 누군가가 거세게 때렸다.

"죽으면 어떡하지?"

툭 쓰러지는 일레인의 뒤에 선 수하가 주먹을 털며 아주 심각한 얼굴로 말했다.

"나름 살살 때렸는데……."

"괜찮아, 안 죽었어. 살살 때린 거 맞네."

재빨리 확인한 칸이 고개를 끄덕였다.

"힘 조절 잘했는데? 일단 묶어놓고……."

중얼거리던 헬리는 바깥 상황을 한번 살핀 후, 일레인의 집무실 쪽을 바라보았다.

"저길 좀 뒤져야겠어."

제 30 화

구출
part 5

늦은 오후, 에스티발 시 물류창고에 치솟은 수상한 연기는 밤이 되도록 꺼지지 않았다.

주변 사람들은 무슨 일인가 해서 기웃거렸으나 별일 아니라고 험상궂게 말하는 창고 사람들 때문에 금방 돌아갔다. 그리고 창고는 완전히 어둠 속에 잠겼다.

몇 시간 후, 물류창고에 당도한 드리프터들은 황당할 수밖에 없었다. 간이선착장이 어디로 간 건지 알 수가 없어 배를 제대로 댈 수도 없었고, 마중 나온 드리프터도 없었다.

"이게 어떻게 된 거야?"

이 새끼들이 일할 생각이 있는 거야, 없는 거야?

늑대인간들을 실어 나를 배를 대충 띄워놓고 뭍으로 올라온 드리프터들은 불에 타버린 선착장 쪽에서 어른거리는 그림자를 향해 짜증 냈다.

"무슨 일이 났어? 빨리 옮겨야 할 거 아니야?"

들려오는 대답은 없었다. 그리고 짜증을 낸 드리프터도 더 이상 짜증을 내지 못했다.

하나가 쓰러지는 것을 시작으로, 여럿이 영문도 모르고 기습을 당한 채 엎어졌다.

아. 선착장 쪽이 시끄럽다. 타헬은 그쪽을 한 번 힐끗 돌아보았다.

늑대인간들을 '옮기러 온' 드리프터들이 도착해서 기습이 시작되었나 보다. 그쪽에 끼지 않았던 타헬은 여전히 물류창고 안에 남아 있었다.

"이제야 숨쉬기 좀 편하네."

일레인이라는 에스티발 시 물류창고에서 가장 강한 뱀파이어가 생포된 후로 물류창고는 빠르게 넘어갔다.

여기저기에서 발생한 화재를 보고도 사람들은 이 근처에는 이상하게 얼씬도 하지 않았다.

햇볕에 부상을 입었던 드리프터들은 바깥에서 대기 중이던 늑대인간 소년들과 솔론이 처리했다.

기분 나쁜 향초의 단내도 이안이 뜯어낸 문을 통해 신선한 공기가 들어오자 곧 사라졌다.

"괜찮아요? 좀 어때요?"

타헬은 당장이라도 실종되었다가 다시 찾은 형들에게 달려가고 싶었지만, 향초 냄새가 사라지자 겨우 정신을 차린 다른 늑대인간들부터 챙겼다. 그들의 상태가 너무나 처참했기 때문이다.

이게 뭐야. 타헬은 자존심 상하게 뱀파이어들 앞에서 울먹거릴 뻔해서 꾹꾹 참았다. 하지만 눈물이 자꾸만 나려고 했다.

"여기 물, 물 마셔요. 물이에요. 괜찮아요. 저도 늑대인간이에요."

놀라서 경계하는 늑대인간을 다독이며 깨끗한 물을 주는 걸 몇 번이나 반복했는지 모른다. 급하게 음식을 사 온 엔지와 이안이 담요며 물품을 날랐다. 타헬은 안도의 한숨을 쉬었다.

다행이다. 열악한 물류창고 감옥에 붙잡혀 있던 늑대인간들에겐 따뜻한 음식이 절실하게 필요했다.

"이 새끼들은 맨날 피만 빨아먹고 살았네. 다른 건 아무것도 없어. 소독약 뿌리고 싶어 죽겠네."

이안은 더러운 창고 상태에 질색하며 손을 박박 닦았다.

"모든 뱀파이어가 이렇게 사는 건 아니야. 진짜 오해야."

"……진짜 아니야?"

타헬은 의심이 가득한 눈으로 이안을 쳐다보았다.

"아니라니까. 속고만 살았어?"

"속고만 산 건 아니고, 내가 형들이랑 같이 이런 늑대인간 수용소를 습격할 때마다 다 이랬는데."

"다 이랬다고?"

이안이 입을 딱 벌렸다.

"너네가 이래서 우리를 그렇게 이상한 눈으로 봤구나……."

잡담을 하면서도 손은 쉴 새 없이 움직였다. 그들은 여러 가지 일을 한꺼번에 처리해야 했다.

선착장에 도착한 드리프터들까지 싹 다 처리한 형제들이 돌아오면, 포로였던 이들을 안전하게 집으로 돌려 보내주고, 또 그놈의 배후에 대해서도 뒤져야 했다.

부지런히 물을 끓이고, 아이들이 먹을 만한 유동식을 만들어낸 이안은 짐을 척척 어깨에 얹고 동분서주했다.

"형!"

그때 선착장 쪽에서 돌아오는 이들을 본 타헬이 벌떡 일어나 달려갔다.

헬리와 수하, 칸, 나자크와 솔론이 막 전투를 끝내고 돌아왔다.

"배고프지? 뭐 먹을래?"

타헬은 당장 칸을 붙잡고 웃었다.

"괜찮아. 별일 없어?"

"응."

일단은 오늘 전투는 다 끝났다. 헬리는 한숨을 쉬며 더러워진 검을 닦았다. 쓰면 쓸수록 손에 착착 감기는 게 점점 그와 한 몸이나 다름없는 것 같았다.

"그 여자는?"

이안은 턱으로 물류창고 위층을 가리켰다. 지노가 얼마나 불장난을 즐겁게 했는지 물류창고는 군데군데 까맣게 그을려 있었다.

"사바는?"

칸의 물음에 이안은 또 물류창고를 가리켰다.

"둘 다 아까 거기에 계속 그대로 있어. 일레인인가 하는 여자는 아직 깨어났는지 모르겠고, 사바 그놈은……."

동족을 팔아치우는 놈이라니. 이안의 얼굴이 혐오감으로 일그러졌다.

"기절했다가 깨어났어. 하도 시끄러워서 타헬 재가 재갈을 물려놨지."

형들의 눈이 자신에게 향하자 타헬은 어깨를 쭉 폈다.

"소리를 질러대길래 입을 다물게 했어. 여기 있는 다른 사람들이 들어봤자 좋은 말이 아닌 거 같아서."

안 그래도 향초의 영향력이 끝나자마자 정신을 차린 늑대인간들이 사바를 가만두지 않겠다고 이를 박박 갈고 있었다.

방금 습격한 배에서 가져온 서류를 자카에게 넘긴 헬리는 칸을 쳐다보았다.

"뭐부터 할래? 응징? 아니면 취조? 나는 이 물건에 대해 알고 싶은데."

'레이'라고 새겨진 반쪽짜리 성냥갑을 꺼내 보인 헬리는 칸이 선택하게 해주었다. 이 참혹한 곳을 목격한 이라면 누구나 다 그렇게 생각할 거다.

"데이비드보다는 확실히 여기 책임자가 더 아는 게 많아 보였지?"

칸이 갈색 눈동자를 번뜩거리며 중얼거렸다.

"여기서 오래 있었나 보더라고."

에스티발 시 물류창고를 채우고 있던 드리프터들은 마치 그들이 복도에 끝도 없이 걸어놨던 조잡한 향초가 꺼지는 것 같이 무너졌다.

붙잡혀 있던 늑대인간 포로들은 자신들을 구출한 이들이 뱀파이어와 늑대인간 조합이라는 것에 상당한 충격을 받았지만, 어쨌든 이 끔찍한 물류창고가 사라졌다는 것에 기뻐했다.

그들은 음식을 먹고 기력을 차린 뒤, 다시 집으로 돌아갈 채비를 했다. 물론 그 준비까지 모두가 한마음으로 도왔다.

"앞으로는 더 조심해야 해. 이런 곳은 만들기만 하면 그만이니까."

또 언제 이런 물류창고가 생길지 모른다는 자카의 지적에 엔지가 동의하며 한 가지를 덧붙였다.

"시간도 없어. 얼른 여길 수색한 다음에 돌아가야 해."

언제 이상하다는 걸 눈치채고 드리프터들이 몰려들지 모른다. 저번에 리버필드 시로 드리프터들이 몰려왔을 때는 책임자 데이비드를 위한 함정을 팔 여유가 있었지만, 지금은 그런 여유도 없었다.

"그래도, 잠시만."

칸은 엔지의 말에도 불구하고 헬리와 모든 사람에게 양해를 구한 뒤, 서둘러 동생들에게로 뛰어갔다.

수하는 잠시 걸음을 멈춘 채 헬리와 나란히 서서 그가 실종되었던 동생들과 다시 만나는 장면을 물끄러미 바라보았다.

"형……!"

쓰러졌다가 간신히 일어난 세 명의 늑대인간 소년들이 칸을 붙잡고 고개를 숙였다.

"고생했어. 수고했어. 늦어서 미안해."

"아니야, 하나도 안 늦었어……."

고개를 흔들고 꽉 끌어안는다. 별다른 말은 오고 가지 않았지만, 서로를 부둥켜안고 체온을 확인하는 광경만 봐도 저들이 얼마나 끈끈한지 알 수 있었다.

"너희도 저래."

"응?"

헬리는 수하에게로 허리를 슬쩍 숙여 귀를 기울였다.

"너희도 저렇다고. 저렇게 들어갈 틈 하나 없어 보여."

"우리가?"

"응. 사연 많은 가족이구나 싶어."

옆에서 지켜보니 알겠다. 그것도 같이 겪어보니 더더욱 잘 알겠다.

이들은 오늘과도 같은 죽음의 문턱을 수도 없이 넘나들고, 서로를 믿고 의지하며 간신히 살아남은 사이다. 말로 표현하기도 어렵고, 서로를 위해 목숨을 기꺼이 바칠 수 있는 가족이었다. 세상에 그들밖에 없었기 때문이다.

"외롭고 힘들었겠다 싶기도 하고."

수하가 겪은 이상한 시선들과는 비교도 안 되는 살벌한 상황 속에서 지켜주는 이도 없이 힘들었겠다 하는 생각이 들었다. 따지고 보면 소년들 모두 보호가 필요하지 않은가.

"그래? 보통은 우리가 일곱 명씩이나 되니까 외로웠겠다는 소리는 안 하던데."

수하는 고개를 들어 헬리를 쳐다보았다. 그는 웃으면서 물을 마시라고 건네주고 있었다.

"어떻게 안 외로워? 가족만 달랑 있는 거잖아. 고마워. 잘 마실게."

오늘 하루 종일 싸우고 뛰어다녀서 정신이 하나도 없다. 종알대며 물을 뜯어 마시는데, 헬리가 흘리듯 말하는 게 들렸다.

"뭐, 이젠 너도 있으니까."

우와. 수하는 조용히 헬리와 정반대 방향으로 고개를 슬쩍 돌렸다. 이젠 사레가 들지도 않고 어쨌든 물은 제대로 마실 수 있게 될 정도로 익숙해지긴 했다.

저런 죄 많은 뱀파이어 같으니. 시도 때도 없이 훅 치고 들어오네.

☾

마한, 루슬란, 카밀, 셋 다 이젠 안전했다.

실종상태라는 단어만 생각해도 머릿속이 하얘지던 때는 이제 간신히 지나갔다.

다시는 동생들을 따로 보내는 일은 하지 않을 거라고 다짐하고, 여러 번 살펴 마침내 마음을 놓은 칸은 생각했다.

'어쩌다 이놈이랑 이런 순간에 늘 함께하게 된 거지?'

'이놈', 정확하게는 드셀리스 아카데미 나이트볼 선수단 주장 헬리는 칸과 함께 일레인을 내려다보았다. 그녀는 재갈을 문 채 축 늘어져 있었다.

"안 깨어나네."

옆에 있던 수하가 풀이 죽어 어깨를 시무룩하게 늘어뜨렸다.

"미안. 내가 너무 세게 때렸나 봐."

힘을 조절하는 건 너무 어렵다. 안개화에 성공했으니 이젠 세밀한 힘 조절도 배워야 할 텐데 말이다.

그녀는 아쉽게 제 야무진 주먹을 만지작거렸다.

앞으로는 조금만 세게 때려야지. 조금만.

"아니, 깨우면 그만이지."

칸은 고개를 흔들며 앞으로 나섰다.

"어떻게 깨우려고?"

"때린 데 또 때리면 일어나지 않을까?"

가만히 듣고 있던 헬리가 칸을 도로 잡아당겼다.

"됐어. 내가 할게. 네가 또 때리면 이 자리에서 즉사야."

"내가 뭘……."

볼멘소리를 하려던 칸은 헬리가 일레인 앞에 자리를 잡는 걸 보고 입을 다물었다.

그의 신기한 능력이야 이미 싸울 때 질리게 보았다. 알아서 하겠지.

잠시 기다리자 아니나 다를까, 일레인이 간신히 눈을 뜨고 고개를 들었다.

그녀는 단단히 묶인 몸과 자신을 내려다보고 있는 앳된 얼굴들을 보곤 한숨을 쉬는 것 같았다.

"……그래, 뭐, 그런 애송이들한테 붙잡힌 건 유감인데, 그건 그쪽 사정이고."

그녀의 생각을 줄줄 읽는 헬리는 싸늘한 목소리로 본론부터 끄집어냈다.

솔직히 수하도 이젠 익숙해져서 일레인이 경악하든 말든 그건 관심 없었다.

웬만큼 대단한 뱀파이어라면 헬리도 자신의 이능력을 철저하게 숨긴 뒤 심문했을 것이다. 하지만 겪어본 일레인은 그 정도까지는 아니었다.

아니면, 요즘 가끔 위험하게 드는 생각이지만, 헬리가 생각보다 더 강한 뱀파이어인지도 모른다.

"아, 늑대인간들을 실으러 배가 도착하긴 했는데 그것도 우리가 잘 처리했어. 그래서 말인데."

헬리는 이리저리 굴러가는 일레인의 눈앞에 데이비드에게서 빼앗았던 성냥갑을 내밀었다. 당장 일레인의 생각이 읽혔다.

'머저리 같은 데이비드! 어린놈이 중책을 처음 맡았으면 제대로 마무리했어야지, 저 귀한 걸 빼앗겨? 어쩌지, 마스터가 이놈들을 잡아주셔야 할 텐데…….'

아. 우리의 데이비드 씨는 역시나 그 자리에 올라선 지 얼마 되지 않은 모양이다. 헬리는 주머니에서 다른 성냥갑을 하나 더 꺼냈다.

"그리고 너는 이런 걸 가지고 있었지."

생김새는 같으나 새겨진 문구는 다른 성냥갑이다. 둘을 합치면 정확하게 '레일건'이라는 단어가 완성된다.

'레일건, 프린태니어……, 프린태니어에 계시는 레일건 마스터께서 내가 이렇게 되었다는 걸 아시면……, 늑대인간들을 더 보내드려야 하는데……'

그래. 헬리는 성냥갑이 합쳐진 걸 보자마자 일레인이 쏟아내는 이런 정보가 필요했다.

아무리 의지가 대단하다 해도 무의식중에 스쳐 지나가는 생각까지 제어하긴 힘들다. 헬리는 그런 식으로 여러 번 묻지 않고도 좋은 정보들을 얻었다.

그는 손을 뻗어 거칠게 일레인의 입에 물린 재갈을 벗겨냈다.

"이게 너와 리버필드에 왔던 데이비드의 윗선인 거지?"

"건방진 놈, 마스터께서 네 목을 물어뜯으실 거다."

일레인은 살벌하고 무서운 레일건의 마스터를 떠올리며 일

갈했다.

"……그 마스터를 꽤나 믿고 존경하나 본데."

"늑대인간과 손을 잡다니, 수치도 모르는 놈!"

그 와중에 일레인의 사무실을 뒤지며 이런저런 서류를 살피던 칸이 한가롭게 말했다.

"아까 그 배도 그렇고, 여기로 잡혀 온 늑대인간들은 대충 두 곳으로 나뉘어 흘러가는 모양인데. 프린태니어와 루겔이야."

"그중 이 레일건의 주인은 어디에 있지?"

헬리는 알면서도 일부러 물었다.

"그거야 네가 직접 알아봐야지, 꼬맹아."

일레인은 이를 드러내며 무섭게 웃었으나, 그녀의 머릿속에는 프린태니어 시에 있는 '레일건'에 대한 정보가 휙휙 스쳐 지나가고 있었다.

마스터와 고위 뱀파이어에 대한 절대적인 믿음, 혹은 자신의 무능력에 대한 엄벌이 처해질 것을 두려워하는 공포, 그 두 가지가 어지럽게 뒤섞였다.

헬리는 그 커다란 공포만큼 강력한 존재를 느끼고 할 말을 잃음과 동시에 희망을 가졌다.

'어쩌면, 레일건의 마스터가 이 모든 일의 배후인지도 몰라.'

그들의 여정도 레일건의 마스터만 잡으면 끝날지도 모른다.

제 31 화

구출
part 6

사람의 의식을 훑어낸다는 건 상당히 잔인한 일이었다.

숨기고 싶은 비밀, 혹은 목숨을 걸어야 할 일까지 전부 다 적에게 드러낸 이들은 엄청난 충격을 받곤 했다. 속일 수 없는 상대에 대한 공포와 혐오감을 동시에 불러일으켰다.

일레인에게서 말 그대로 모든 정보를 싹싹 긁어낸 헬리는 그녀가 퍼부어대는 심한 저주를 고스란히 들을 수밖에 없으면서도 표정 하나 바꾸지 않았다.

"으……."

결국 수하는 일레인이 퍼부어대는 말을 견디지 못하고 어깨를 움츠리며 바깥으로 나왔다.

이젠 다시 어둠이 완전히 대지를 장악했다. 강행군 끝에 이곳에 도착해서 또 어마어마한 전투를 겪어 피곤한데, 헬리는 메마른 눈으로 독이 오를 대로 오른 일레인을 한결같이 차분하게 상대하고 있었다.

일레인도 꽤 경험이 있는 뱀파이어인지라 어떻게든 속내를 들키지 않으려 발악했지만, 헬리는 그녀보다 어린데도 어떻게 된 건지 훨씬 더 인내심이 강하고 끈질겼다.

"왜 나왔어? 안에는 정리가 다 됐어?"

고개를 들어보니 솔론이다. 양손에 물이며 담요를 들고 있는 걸 보니, 여태까지 잡혀 있던 늑대인간들을 도왔나 보다.

"향초 냄새는 다 빠졌어. 들어가 봐도 돼."

"아니, 너 말이야."

솔론은 그녀의 어깨에 담요를 툭 던지고 생수를 건넸다.

"바람 좀 쐬러. 고마워."

수하는 마른 손으로 얼굴을 꾹꾹 눌러보았다.

살아 있다. 그녀는 아직까지도 살아 있었다.

매캐한 연기 냄새가 메마른 땅을 뒤덮고 있었다. 늑대인간 아이들은 울지도 못하고 댕그란 눈으로 그녀를 바라본다.

헬리와 칸은 끝을 예감하고 마지막 몸부림을 치는 일레인에게 일말의 동정조차 허락하지 않을 것이다.

솔론은 그녀를 따라왔다. 강둑에 앉는 그녀의 곁에 같이 앉았다.

"……헬리가 그 여자를 심문하고 있어."

"형이 심문하면 깨끗하지."

그는 무뚝뚝하게 대답했다.

"보통은 심문에는 고문도 따르니까."

그 말에 수하는 반사적으로 온몸이 물린 자국투성이이던 루슬란과 마한, 카밀을 떠올렸다.

그 애들도 아마 심문을 당했겠지.

끔찍한데 그녀가 끔찍하다고 말할 수가 없었다. 당장 그녀 역시 이번 전투에서 상당한 부분을 담당했으니까. 이렇게 점점 무뎌지는 걸까.

"이제 여긴 어떻게 될까?"

"싹 태워야지."

솔론의 말에는 '드리프터들은 다 죽이고'라는 말이 생략되어 있었다.

이젠 그것까지 아는 수준이 된 수하는 솔론을 슬쩍 옆으로 쳐다보았다.

"뭐. 말하고 싶은 게 있으면 말해. 눈치 보지 말고."

솔론은 흐르는 강을 보며 퉁명스럽게 말했다.

"한심하다고 생각할 것 같아서."

"이미 스스로를 한심하게 만들고 있네. 말할 용기도 없는데 왜 고민해?"

"너 가끔 한 대 때려주고 싶어."

수하에게 형제나 자매는 없었지만, 아마 알렉스가 치를 떠는 재수 없는 혈육이란 게 이런 느낌 아닐까.

"쳐보든가."

솔론은 픽, 메마른 웃음을 지었다.

이겼음에도 불구하고 승리자들에겐 물기라곤 하나도 보이지 않고 그저 버석버석하기만 하다. 드러난 현실이 너무나 참혹하기 때문이다.

더구나 뱀파이어 소년들에겐 보육원에서 탈출한 뒤 겪었던 고생이 떠오르는 일이기도 했다.

"나라면 차라리 때릴 용기를 보태서 물어보겠다."

아무렇지도 않은 솔론의 표정과 말에 수하도 물어볼 수 있었다.

"언제 동정심을 가지지 않기 시작했어?"

조심스러운 질문에 솔론은 턱을 괴었다.

"너 지금 저 위에 붙잡힌 뱀파이어가 불쌍하구나."

"불쌍한 건 아냐."

"아닌데, 이미 드리프터들을 너무 많이 죽인 거 같아서 살생은 이제 그만해야 할 거 같아? 그러면 마음이 좀 편할 거 같아?"

수하는 정확하게 자신의 속내를 읽은 솔론을 바라보았다.

그거였구나. 자꾸만 겪는 전투와 지독한 일을 보고 마음이라도 편해지려고 '이 정도면 놔줘도 되지 않을까'라는 생각을 한 거였구나.

"그런다고 마음이 편해지진 않아. 오히려 나중에 골치 아프지."

뒤를 돌아보면 지노가 부지런히 불을 밝히고, 자카와 타헬이 늑대인간들을 챙겼다.

뱀파이어를 경계하는 그 미묘한 분위기도 분명히 있었지만, 잡혔다 풀려난 늑대인간들은 적어도 이들이 그들을 도와주러 온 특이한 뱀파이어라는 건 인식한 모양이었다.

"꼭 풀어준다고 해서 그 은혜에 감사하며 개과천선하는 건 아니거든. 난 여태까지 그런 경우는 한 번도 못 봤어."

솔론은 돌을 집어 들어 강에 휙 던졌다.

"오히려 뒤통수를 쳤으면 쳤지. 그래서 뒤에 화근을 만들어두지 않기 위해 전부 정리하는 거야."

아마 일레인도 오늘 사라질 것이다. 영원히.

"마음이 좋지 않을 거야. 너는 너를 먼저 공격한 사람에게만 정당한 방어만 하면 되는 일상을 살아왔으니까."

앞으로도 계속 이런 일을 겪게 될까?

"……그 레일건이란 곳에 가면, 진짜 끝이었으면 좋겠다."

더 이상은 이런 일을 보지 않을 수 있다면 좋겠다. 수하가 무슨 말을 하는지 다 알고 있던 솔론은 복잡한 얼굴로 뒤를 돌아보았다.

늑대인간들. 그들의 피를 탐내는 드리프터들. 그 위로 밤필드 보육원의 악몽 같은 밤이 겹쳐졌다.

왜 보육원이 습격당했을까? 말 그대로 뱀파이어들만 있던 곳인데.

"모두가 다 바라는 바지."

그렇게 될 리가 없다는 걸 경험상 너무나 잘 알면서도 아직까지는 자꾸만 미약한 희망을 걸게 된다.

희망과 꿈을 꼭 잡고 있는, 아직까지는 소년들이니까.

헬리는 표정 없이 창백한 얼굴로 일레인의 집무실에서 나왔다.

그가 나왔다는 건 그 안에 있는 모든 물건을 하나하나 샅샅이 확인하고, 또 일레인까지 완전히 처리했다는 뜻이었다.

"많이 알아냈어?"

엔지의 물음에 헬리와 함께 나온 칸이 고개를 흔들었다.

"죄다 점조직이라서 그 여자도 자기 상관에 대해서는 아는 게 얼마 없어. 공포가 너무 강해서 더 이끌어내기도 힘들대."

상당히 무서운 이능력이다. 칸은 헬리를 보며 생각했다.

창백한 헬리의 얼굴에는 그저 미약한 피로감이 감돌았다.

"그냥 말 그대로 무서운 존재였어. 마주칠 때도 보고와 지시 외엔 거의 교류가 없었나 봐."

말하는 건 아예 칸에게 맡겨버린 헬리는 비척비척 걸어갔다. 남의, 그것도 추악한 뱀파이어의 속을 들여다보는 것만큼 피곤한 일도 없었다. 차라리 몸으로 싸우는 게 낫다.

"다만 늑대인간의 피에 어마어마하게 집착한다고 해."

저렇게 많이 잡아서 창고에 가둬놨다가 보내도 성에 차지 않아 할 만큼.

"딱 듣기만 해도 우두머리 느낌이 나는데."

가만히 듣던 타헬이 종알거리더니 외쳤다.

"얼른 가서 잡자!"

"일단은 여길 수습하고 정리한 뒤에."

"칸."

타헬에게 다정하게 대답해주던 칸이 고개를 들었다. 헬리가 가다 말고 그를 돌아보고 있었다.

"여긴 너희들의 몫이지."

동족들이 잡혔고, 또 형제들까지 잡혀 있던 끔찍한 곳이었다.

"그러니 너희들이 좋을 대로 처리해. 우리는 그 결과에 무조건 동의해."

함께 싸웠지만, 전리품이 나오든, 이 물류창고를 어떻게 써먹든 그건 다 선샤인 시티 스쿨 주전들의 몫이라는 뜻이었다.

"어차피 가지고 싶은 건 다 가졌으면서."

보던 칸이 질릴 정도로 일레인이 가지고 있던 정보를 쏙쏙 다 빼먹은 헬리는 칸이 뭐라 하거나 말거나 휙 돌아섰다. 그의 발걸음이 향하는 곳은 당연히 수하다.

하지만 정작 그가 왜 가까이 오는지, 왜 제일 첫 번째로 동생들이 아닌 자신을 찾는지 모르는 수하다.

칸은 그쪽을 흘깃 보다가 엔지를 찾았다.

"잡혔던 사람들, 다 옮길 수 있겠어?"

"아, 진짜 너무 불가능한 일을 나한테 턱턱 맡기지 말라니까."

엔지는 투덜거리면서도 아까 자카와 뭔가를 의논한 모양인지 그리 난감하다는 표정을 짓지는 않았다.

그사이 헬리는 수하에게 손을 뻗다가 멈칫거렸다. 순식간에 그의 표정이 굳어졌다.

안 돼.

지금은 평소보다 너무나 지쳤다. 머리로는 아무리 지쳤다 해도 수하에게 이를 드러낼 리가 없다는 건 안다. 알고 있지만 '혹시'라도 실수하면 어쩌지? 말도 안 되는 불안감이 스멀스멀 그를 타고 기어오르는 건 결국 수하에게 흐트러진 모습을 보여주고 싶지 않기 때문이다.

"수……."

이름도 부르려다가 말았다.

"괜찮아?"

왜 저러지? 수하는 눈이 동그래져서 조심스럽게 물었다.

"응. 괜찮아. 고생했어. 쉬어."

저럴 줄 알았지. 이안은 속으로 혀를 차며 헬리의 어깨를 감쌌다.

"가자."

지칠 대로 지쳤으니 뱀파이어들은 뱀파이어답게 피를 마셔야 한다. 더구나 헬리는 이능력을 너무 많이 사용해서 반드시 피를 마셔야 했다.

노아가 얼른 달려가서 챙겨왔던 혈액을 가져왔다. 구석진 곳으로 간 뱀파이어 형제들은 헬리가 비틀대며 주저앉아 피를 마시는 걸 걱정스럽게 바라보았다.

수하는 눈치채지 못했지만, 헬리는 조금 날이 선 상태였다. 꾹 참을 이성이 있었으나 수하에게 다가가지 않고 바로 발을 돌린 거다. 아마 수하에게 힘들어하는 모습도 보여주고 싶지 않은 거겠지.

'하지만 수하 쟤는 이상하게 피 냄새가 옅은데.'

자카는 선불리 다가오지 못하고 조금 멀찍이 선 수하를 힐끗 바라보았다.

보통 인간보다 피 냄새가 옅어서 드리프터들이 군침을 삼킬 상대는 아니었다.

'일말의 실수도 하기 싫은 건가.'

자카는 수하가 그를 겁내는 모습을 상상해보았다.

음. 헬리가 바로 이해된다. 같이 싸워놓고 공격당할까 봐 겁내는 꼴을 누가 보고 싶어 하겠나.

가능성은 아주 희박한 일이라지만, 헬리 성격에 그 희박한 가능성조차 용납을 못 할 거다. 수하 앞에서는 더더욱. 은근히 까다로운 성격이니까.

"괜찮아. 이리 와."

헬리가 혈액을 완전히 다 비운 걸 확인하고 자카가 수하를 불렀다.

순식간에 늑대인간 소년들과 뱀파이어 소년들 사이, 그 애매한 경계에 걸쳐 선 수하는 난감하고 어정쩡하기만 했다.

"……괜찮아?"

자카는 팔짱을 낀 채 고개를 끄덕였다.

"혹시 실수할까 봐."

그래서 그런 거야. 짤막하지만 그답게 설명해준 자카 덕에 수하가 조심스럽게 이쪽으로 왔다.

입가를 닦아낸 헬리가 얼굴을 문지르고 있었다. 그리고 그의 주변에 뱀파이어 소년들이 똘똘 뭉쳐서 그를 걱정스럽게 바라보고 있다.

늘 이런 식으로 이들은 살아남았을 거다.

"좀 괜찮아? 살 만해?"

이안의 질문에 헬리가 고개를 끄덕이며 시선을 돌리다 수하와 눈이 마주치자마자 웃는다. 웃긴. 웃을 힘도 없으면서.

"더 있는 줄 알아서 뒤지다가 시간을 낭비했어. 철저하게 점조직으로 운영되고 있으니 그만큼 윗선에 대해서도 잘 모르는 게 당연하지. 여기가 없어지면 그대로 윗선과의 관계도 잘릴 수 있게, 그래서 정체를 숨기는 것도 쉽게 만들었어."

가만 듣던 노아가 고개를 갸웃거렸다.

"그럼, 그 레일건인가 하는 데는?"

"알아냈어. 그런데 이 나라가 아니라 다른 나라에 있어. 그래서 강을 이용해 화물선인 척하고 국경을 넘어 다닌 모양이야."

헬리가 완전히 날아가버린 선착장 쪽을 턱으로 가리키며 중얼거렸다.

"어, 그럼 바로 출발해? 나 짐 싸놨어."

이런 때는 참 부지런한 노아가 형들을 쳐다보았다.

"……우리 며칠 걸어놓고 왔냐?"

이안이 지노에게 묻자, 지노는 대답 대신 손을 활짝 펴 보였다. 학교에는 닷새라고 얘기해뒀다는 뜻이다.

"닷새? 닷새면 안 되지. 오는 데만 이틀을 썼는데. 일단은 학교로 돌아가야 해."

이안의 말에 노아가 흥분했다.

"뭐어? 그럼 적들이 만반의 준비를 해놓을 거 아냐? 이 기세를 몰아서 공격해야지!"

"다들 지쳤고, 게다가 이젠 우리만 생각하면 안 돼."

이안이 고개를 저으며 늑대인간 소년들 쪽을 바라보았다. 포로로 잡혀 있던 마한을 나자크가 부축하고 있었다.

"저쪽은 부상자만 셋이야. 걔들도 분명히 보복하겠다면서 함께 가려고 할 테니, 서로 정비할 시간이 필요해. 그리고 이렇게 된 이상 학교 문제도 좀 정리해야 하고……."

어째 그 말을 하면서 이안이 수하를 쳐다보았다.

나는 왜? 수하가 고개를 갸우뚱거렸다.

아예 여기까지만 하고, 다음부터는 빠지라는 건가?

하긴 그녀는 전학 온 지 얼마 안 되고, 계속 학교를 다녀야 하는 입장이었다.

잊지 말자. 학비는 엄마가 내주는 거다.

"계속 이런 식이라면 확실히 정리해야지."

헬리도 이안의 말이 맞다며 고개를 끄덕였다. 그런데 그 역시 수하를 보고 있다.

그러니까, 뭘?

☾

지노가 칸의 부탁을 받아 완전히 태워버린 물류창고를 떠나 또다시 드셀리스 아카데미로 돌아올 때까지 수하는 정신을 차리지도 못하고 잤다. 떠날 때만큼은 아니었지만 돌아가는 길도 시간을 맞춰야 하기 때문에 그닥 편안하지는 않았다. 하지만 너무 지쳐서 그 불편한 여정에서조차 기절하다시피 잠들어 버렸다.

어쨌든 나이트볼 선수로 이것저것 배우고 왔다는 보고서도 써서 제출해야 하니, 그거부터 해야 하나, 하고 생각하고 있던 수하는 졸음에 겨운 눈으로 이안을 쳐다보았다.

"엥?"

"'엥'은 무슨 '엥'. 데이 클래스에서 나이트 클래스로 옮기자고. 너 내 말 듣고 있어? 더 잘래? 그래. 그냥 자라. 더 자."

애가 대화를 할 상태가 아니네. 이안이 도로 가려는데 수하는 얼른 눈을 비비고 벌떡 일어났다.

"아냐, 아냐. 나 잠 다 깼어. 나이트 클래스로 옮기자고? 나?"

"그래. 여기서 너만 데이 클래스잖아."

생각지도 못했던 일에 수하는 눈을 동그랗게 떴다. 잠이 확 달아났다.

제 32 화

휴식
part 1

7
DECELIS ACADEMY
JAKAH
4
DECELIS ACADEMY
HELI
1
DECELIS ACADEMY
SOLON
23
DECELIS ACADEMY
NOA
10
DECELIS ACADEMY
JAAN
99
DECELIS ACADEMY
JINO
5
DECELIS ACADEMY

"갑작스럽겠지만 사실 타이밍은 지금이 딱 좋아."

학교에 들를 거고, 그 김에 서명받아서 서류 처리가 되기만 하면 좀 더 자유롭게 레일건이 있다는 프린태니어로 갈 수 있다.

나이트 클래스의 나이트볼 주전들에게 주어지는 특혜가 상당하니까, 그걸 이용하면 된단다.

갑작스러운, 이안의 말 그대로 갑작스러운 말에 수하는 눈을 여러 번 깜빡였다.

"하기 싫으면 하지 말고. 강요하는 건 아니야. 출석일수가 좀 빡빡해지겠지만, 데이 클래스에서도 어떻게든 맞출 수는 있어."

별것 아니라는 듯, 이안은 어깨를 으쓱거렸다.

"하지만 나이트 클래스가 되면 좀 편해지지. 당장 프린태니어로 쳐들어가려면 출석으로 또 못하는 것도 데이 클래스보다는 학교 눈치를 덜 보게 될 거고."

옆에서 시온이 열심히 고개를 끄덕인다.

"하자, 그냥. 어차피 데이 클래스나 나이트 클래스나 공부하는 건데 다 똑같아. 그냥 나이트 클래스에 와서 우리랑 놀자."

"그건 아니라고 알고 있는데……."

나이트 클래스가 좀 더 명문이라고 평가받고 있으니 똑같지 않다는 건 전학 온 지 얼마 되지 않은 수하도 잘 알고 있었다.

하지만 말이다. 가만 생각해봐도, 어차피 데이 클래스에서 나이트 클래스로 옮겨가는 것뿐이다. 다른 학생들은 몰라도, 정작 수하는 바뀌는 게 없었다. 교육과정도 똑같고, 그저 공부하는 시간대만 변경되는 거였다.

어차피 질리도록 밤에 나가서 나이트볼 연습을 빙자한 능력 연습을 해왔으니 차라리 밤이 나으려나?

하지만 나이트 클래스 소속인 학생들과 새로운 친구 관계를 만들어야겠지. 그건 좀 부담되는데.

"아니긴 뭐가 아니야. 어차피 우리랑 같이 다니자고 옮기는 건데."

시온이 심드렁하게 말했다.

"프린태니어에 같이 갈 거지?"

"어?"

"안 가도 상관은 없는데, 아니지, 같이 가야지. 또 리버필드에 드리프터들이 들이닥칠 게 뻔한데. 너는 무조건 같이 가야 해."

아, 그런가. 새로운 친구 관계야 이미 만들어져 있구나. 이미 친구가 일곱 명이나 있었다.

수하는 담요를 접으며 기지개를 켰다.

"나이트 클래스로 어떻게 옮기는 건데?"

질문을 하자 이안이 그녀를 바라보았다.

"어떻게 옮기긴. 신청서 쓰고 허가받으면 끝이지. 나이트볼 핑계로 옮긴다 하면 이사장님도 환영하실걸? 나이트볼에 워낙 진심인 분이시라 안 그래도 너 언제 나이트 클래스로 옮기냐고 슬쩍 물어보셨다던데."

"어…… 큰일 났네. 나이트볼 연습도 열심히 해야겠네."

"이번엔 여학생 리그에서도 우승컵 나오는 거 아니냐고 기대하고 계시대."

남학생 리그와 여학생 리그를 전부 다 석권한 드셀리스 아카데미 선수단! 나이트볼에 미친 이사장이 너무나 뿌듯해할 타이틀이었다.

물론 현실은 조금 다르지만. 아니, 많이 다르지만.

이사장님, 죄송합니다. 지금 저희는 나이트볼보다 훨씬 중요한 일을 하고 있어요. 물론 이사장님께서는 세상에 나이트볼보다 중요한 건 없다고 외치시겠지만요.

“너라면 지금 상황으로도 우승 가능할걸?”

이안은 아주 진지하게 분석했지만 수하는 고개를 흔들었다.

“스포츠에서 이능력 쓰면 반칙이지.”

“아니, 안 쓰고도 우승한다고.”

그 정도라고?

“너 그사이에 키가 조금 컸어. 더 튼튼해지고 건강해졌을걸?”

이안은 그렇게 말한 뒤 나이트 클래스로 옮겨가는 신청서를 받아와야 한다며 생각에 잠겼다.

어느새 그들은 학교에 도착하는 중이었다.

창밖으로 익숙한 건물들이 보이고, 환한 햇살이 눈을 감은 헬리의 얼굴에도 쏟아지고 있었다.

돌아왔다. 마침내.

뱀파이어 소년들이야 그들의 삶에만 집중하면 되고, 선샤인 시티 스쿨의 늑대인간 소년들은 지금 실종되었다 돌아온 형제들을 챙기느라 바쁠 거다. 치료도 해야 하고, 원기도 회복해야 하겠지.

하지만 수하에게는 이번 학기에 새 학교에서 겪은 놀라운 일 말고도 지속해야 하는 평범한 일상이 있었다.

"엄마, 나 왔어."

아직 어색한 리버필드 시의 새집 문을 열고 들어가니 엄마가 오랜만에 앞치마를 입고 주방에서 고개를 내민다.

"왔어? 왔어? 손 씻고 얼른 앉아. 따뜻할 때 먹자."

"또 음식 했어? 안 해도 된다니까……."

가방을 내려놓고 엄마는 어떻게 사나 한번 휘 둘러보며 말해도 엄마는 고개를 흔들면서 수하를 화장실로 보냈다.

"무슨 소리야, 엄마가 음식을 하면 얼마나 한다고. 손 씻고 얼른 와!"

"네."

원래 계획대로였다면 엄마가 새로 구한 이 작은 아파트에서 수하와 엄마가 단둘이 즐겁게 살 예정이었다.

하지만 드셀리스 아카데미는 전교생이 기숙사에서 지내는 게 원칙인 학교였고, 엄마는 작은 아파트를 좀 더 넓게 쓸 수 있게 되었다.

창가를 따라 화분들이 놓였고, 엄마 취향대로 새로운 커튼이 드리워졌다. 깨끗한 화장실에는 엄마다운 목욕용품이 한 구석에 가지런하게 놓였고, 엄마한테서 나는 향과 똑같은 향인 비누가 놓여 있었다.

수하는 손을 씻으며 숨을 한번 가볍게 쉰 뒤 다시 나갔다.

"여기 앉아. 뜨거우니까 냄비 조심하고."

"응. 엄마, 집 잘 꾸몄다. 예뻐."

"그러니? 네 마음에 든다니 다행이다. 이사가 너무 늦어져서 네가 주말에 기숙사에 있는 게 너무 마음에 걸렸어. 미안해, 정말."

"그래봤자 2주밖에 안 됐는데. 괜찮아. 기숙사도 나름 재미있었어."

"친구는 많이 사귀었어? 알렉스는 어때?"

엄마는 항상 그랬듯이 수하의 접시에는 어마어마한 양을

담아줬다.

윽. 저거 다 먹을 수 있으려나.

"알렉스야 뭐. 엄마도 알잖아. 나 나이트볼 해."

"그래? 어때, 재미있어?"

엄마는 놀라지도 않는다.

"……사고 칠까 봐 걱정 안 돼? 공을 터트리거나 골대를 날리거나, 뭐 그런 거."

"네가 일곱 살이니?"

조심스럽게 묻자, 엄마는 깔깔 웃었다.

"네가 한사코 하기 싫다고 해서 그냥 뒀지만, 나는 네가 운동을 하나쯤 하는 게 좋다고 생각해. 그런 식으로 몸 안에 쌓인 에너지를 날리는 거지. 스트레스도 날리고 말이야."

혹시라도 또 이상하다는 손가락질을 받을까 봐 겁에 질렸던 수하를 꼭 안고 지켰던 엄마의 얼굴은 몇 주 전에 봤던 것보다 훨씬 밝아 보였다.

새 직장, 새 도시, 새집, 전부 다 낯설 텐데 엄마도 나름 리버필드 시에서 적응을 잘하고 있는 모양이다.

"재미있니?"

"응. 재미있어."

사실 야광공을 가지고 노는 것보다 안개가 된다거나 속 시원하게 힘을 발산한다거나 하는 게 훨씬 재미있지만 그건 엄마한테 말하지 말자.

"나이트볼 주전들도 만났어."

"아, 걔들 무척 유명하더라. 웬 고등학교 리그가 그렇게 유명한가 했더니 이유가 있더라고. 엄마도 경기 영상 봤어. 회사에 팬들이 많아."

"그 정도야?"

"그럼. 당연하지. 주전들 어떠니?"

"걔들이랑 친해졌어."

그것만큼 엄마를 기쁘게 하는 소식도 없었다. 딸이 건강하고, 친구들도 많이 사귀었고, 씩씩하게 학교에 적응하고 있다는 것보다 더 바랄 건 없으니까.

"……그래서 선샤인 시티 스쿨 주장까지 만났다니까."

"그랬어? 세상에, 그 친구는 어때? 듣기론 여태까지는 나이트볼 리그를 그 학교가 꽉 잡고 있었다더라."

"응. 다들 라이벌 의식이 장난 아니야. 만나기만 하면 불꽃이 파지직 튀어. 승부욕이 엄청나."

말을 하다 보니 접시가 반 정도 비었다. 벌써 배가 부르지만,

엄마가 만든 음식은 뭐든 맛있어서 또 먹고 싶다.

"……기쁘다. 새 학교를 재미있어하니 엄마가 너무 기쁘네."

엄마는 무척 흐뭇한 표정을 지었다.

"어, 그래서 말인데, 엄마. 나이트볼 때문에 내가 클래스를 데이에서 나이트로 옮겨야 한대."

"어머?"

"선생님들은 이미 서명을 해주셨고, 엄마 허락만 남았거든."

어디 있더라? 수하는 가방에서 신청서를 꺼내왔다.

"뭐가 바뀌는 건 전혀 없고, 수업을 저녁에 듣는 거야. 나이트볼 주전들은 다 나이트 클래스 소속이라 바꾸는 게 어떠냐 하더라고."

"너는?"

"어?"

"너는 어쩌고 싶은데? 데이가 좋아, 아니면 나이트가 좋아?"

"나야 나이트가 좋지. 애들이랑 자주 보고, 어차피 나이트 클래스 애들이 더 친하고……."

의도한 건 아닌데 그렇게 됐다. 오늘도 학교에서 신청서를 받아 오는데, 주전들과 친한 수하에게 부러움 섞인 시선이 쏟아졌다.

적응은 안 되지만, 그녀를 둘러싼 뱀파이어 소년들이 워낙 잘나서 그러려니 하기로 했다.

엄마는 수하의 대답에 펜을 집어 들었다.

"다치는 건 조심하겠다고 약속해."

"내가 다칠 일이 얼마나 있……."

말을 하려다가 문득 일레인의 무시무시한 눈빛이 생각나서 수하는 입을 다문 뒤 얼른 고개를 끄덕였다. 몸은 사려야지.

"운동을 하는 것도 좋지만 네 건강이 우선이야. 그리고 속상하거나 문제가 있어서 더 하기 싫어졌다면 엄마한테 망설이지 않고 말하겠다고 약속해. 도중에 관둬도 상관없어."

"응."

수하가 약속하자마자 엄마는 시원하게 서명을 끝냈다.

"케이크 먹을래? 초콜릿인데."

"먹을래!"

신이 난 수하가 신청서를 대충 가방에 구겨 넣었다.

모처럼 엄마와 보내는 시간은 재미있었다. 엄마가 수하를 걱정하는 만큼 수하 역시 엄마를 걱정했다. 모녀는 리버필드 시가 처음이니 그럴 수밖에 없었다.

잠깐 떨어져 있는 동안 더 애틋해져서, 모처럼 파자마 차림으로 나란히 앉아 아이스크림을 하나씩 안고 이런저런 수다를 떨었다.

"이사장님이 엄청 기대가 크시다나 봐. 근데 주전들은 그냥 시큰둥해. 그러거나 말거나 내 할 일이나 한다, 뭐 이런 식이야. 나였으면 부담감에 숨도 못 쉬었을 텐데."

엄마는 특히 뱀파이어 소년들의 이야기를 재미있어했다.

"게다가 다들 인기도 엄청 많은데 그것도 그냥 그러려니 해. 별 관심이 없나 봐."

"그러게. 신기하네. 너는 어떤데?"

"나?"

"그래, 너."

엄마는 초콜릿 맛 아이스크림을 크게 떠먹으며 고개를 끄덕였다.

"거기 좋아하는 남자애는 없니? 다 잘생겼던데."

"아, 엄마! 우린 그냥 친구야!"

"얘는. 원래 친구부터 시작하는 거야. 너 좋다고 하는 애 없어? 이상하다. 우리 딸이 이렇게 예쁜데."

엄마는 고개를 갸우뚱거리다가 갑자기 정색했다.

"아니, 그래도 아무나 좋다고 홀라당 빠지면 안 돼! 남자는 아주 신중하게 골라야 하는 거야! 잘해준다고 해서 쉽게 넘어가지 마!"

"하나만 해, 하나만……."

좋다고 하는 애라.

반사적으로 헬리가 생각났다. 그 까만 밤과 환하던 달, 조용하고 평화롭던 호숫가가 잊히지 않는다.

그때 한 말에 대해 대답해줘야 할 텐데. 칸이 연락하고, 그 다음에는 정신없이 에스티발 시로 가느라 말을 할 타이밍을 놓쳤다.

'……기다리고 있을까?'

이런 건 처음이라 어떻게 해야 할지 모르겠다.

"제일 중요한 건 네가 좋아하느냐 마느냐지, 다른 건 필요 없어."

엄마는 수하의 바닐라 아이스크림도 푹푹 뜨며 푸념처럼 말했다.

"요는 진짜로 좋아하는 건지, 아니면 착각인 건지 잘 구분해야 한다는 거지. 남들 눈 걱정하지 말고 네가 하고 싶은 대로 해. 네가 부담스러우면 싫은 거야. 싫은 건 싫은 거라고."

"엄만 아빠가 부담스러웠어?"

엄마는 잠시 아이스크림 한 숟가락을 입에 넣고 한참 생각했다.

"좋았지. 좋았으니까 너도 생겼고."

길고 약간 메마른 손이 수하의 뺨을 쓰다듬었다. 그녀는 엄마한테 핸드크림을 또 사줘야겠다고 생각했다.

"다만, 엄마가 남자 보는 눈이 좀 별로였을 뿐이야. 사람은 언제나 실수하기 마련이고."

"응. 확실히 별로이긴 했어."

이런저런 수다를 떨다 보니 밤이 깊었다.

"엄마, 잘 자요."

"그래, 너도 잘 자라."

굳이 그럴 필요는 없다고 했지만 엄마는 이 아파트에도 반드시 수하의 방을 만들었다. 자주 오지는 않아도, 주말마다 올 테니 무조건 방을 만들었다.

지노도 이번 주말은 별 생각하지 말고, 걱정도 하지 말고 푹 쉬라 했다.

'프린태니어가 정확하게 어디더라.'

검색해보니 에스티발 시만큼은 아니지만 어쨌든 또 국경을 건너야 했다.

당장 학교로 돌아가자마자 신청서만 제출하고 바로 출발해야겠지.

그럼 또 헬리와 함께인가.

대답을 해야 하나. 뭐라고 해야 하지?

싱숭생숭하고 마음이 간지러워서 잠이 오지 않았다.

제 33 화

휴식 part 2

잠이 오지 않기는. 엄청나게 잘 잤다. 엄마는 하도 자서 빵빵해진 딸의 얼굴을 보며 웃었다.

"간만이네."

"뭐가?"

"이렇게 느긋하게 주말 아침을 맞는 게 간만이라고."

잘 마른 빨래를 정리하고 눈을 비비며 씻은 뒤, 느지막하게 아침 겸 점심을 먹고 한껏 늘어지는 주말은 모녀에겐 정말 오랜만이었다.

아빠와 함께 세 식구가 살 때는 어땠더라. 그때는 '평범하지 않은 자신'에 대해 골똘히 생각하고 고민하느라 주변을 신경 쓸 여유가 없었다.

어쩌면 그래서 부모님이 헤어지게 된 건지도 모른다. 정신을 차려보니 엄마가 수하의 손을 잡고 '이제 이사 가자'라는 말을 하고 있었다.

"알렉스 엄마 얘기를 듣고 온 거지만, 여긴 참 살기 좋아."

정신없던 이런저런 수속, 이사 준비, 그 와중에 구멍이 뻥 뚫린 아빠의 자리, 새 학교에 대한 불안함으로 점철된 과정은 쓸데없이 길고 어둡기만 했다.

드셀리스 아카데미에 입학해서도 솔직히 친구가 많고 즐거운 학교생활 따위를 기대하지는 않았다. 그냥 평범하게 아무 일 없이 조용히 다니는 게 소원이었다.

"응. 좋아."

그 소원이 이루어질 거라고 기대도 하지 않았다. 그저 눈에 띄지 않고 고요히, 주변에 생긴 적은 숫자의 친구들에 감사하면서 살면 그만이라고 생각했는데.

지금은 너무나 즐거웠다.

아, 물론 에스티발 시에서 겪은 일 같은 건 빼고.

"나가서 먹을까?"

엄마는 오랜만에 가족과 외식을 한다며 행복해했다. 단둘이 손을 잡고 맛있는 걸 먹고, 실컷 쇼핑을 하는 동안은 어느새 에스티발 시의 끔찍한 물류창고 같은 건 거의 잊었다.

반짝거리는 조명이나 식기 부딪치는 소리, 평화롭고도 조곤조곤한 사람들의 말소리, 엄마의 흐뭇해 보이는 표정은 수하를 침착하고 또 편안하게 만드니까.

하지만 말이다.

내가 데리러 가도 될까?

어쨌든 수하는 마냥 이 평안한 곳에서 있을 수만은 없었다. 그녀가 움직여야 이 도시의 평화도 지켜질 지경이 되었으니, 어쩔 수 없었다.

휴대폰을 물끄러미 보던 수하는 엄마를 쳐다보았다.

"엄마는 나 낳았을 때 내가 좀 특이하다고 생각했어?"

"넌 언제나 특별했지."

특이하다니, 그런 게 아니라고 엄마는 고개를 저었다.

"항상 특별했어. 태어나자마자 알았어."

"……엄마는 늘 나한테 그렇게 얘기했는데 나는 왜 안 들었을까?"

"때론 스스로 확신을 가져야 들리는 말도 있으니까."

그렇구나. 수하는 적어도, 두려움을 조금 덜고 프린태니어로 갈 수 있을 거란 확신을 가졌다.

그녀는 휴대폰을 들어 답장을 보냈다.

"근데 너 남자친구는 있니?"

"왜 이야기가 그쪽으로 튀는 건데?"

"있구나."

"없어!"

수하는 섣불리 답장을 보낸 걸 몹시 후회했다. 하지만 어쩔 수 없었다.

알았어. 이따 봐.

금방 답장이 또 왔다.

"흐음, 남자친구니?"

"아니라니까!"

엄마는 다 알겠다는 눈으로 고개를 끄덕이며 얄밉게 에이드를 빨대로 쪽 빨아 마셨다.

수하의 계획은 엄마에게 나이트 클래스로 옮기는 신청서에 서명을 받은 뒤, 주말을 잘 보내고 학교로 돌아오는 도중에 뱀파이어 소년들과 만나는 거였다.

엄마의 호기심은 피하고, 안전은 챙기고, 이래저래 두 마리 토끼를 다 잡는 거였는데 엄마는 수하의 머리 꼭대기에 있었다.

"안녕하세요, 수하 친구 헬리라고 합니다."

"안녕. 수하 엄마야."

악! 악! 악! 악! 아아악! 수하는 엄마의 뒤에서 눈을 질끈 감았다.

비명을 지르고 싶었다. 어떻게든 헬리와는 엄마가 집 안으로 들어간 후에나 만나려고 했는데! 엄마는 기어코 바래다주겠다고 아파트 바깥까지 나왔다가 헬리와 마주하고 말았다.

그녀를 데리러 왔던 헬리는 약간 놀라더니, 금방 웃었다.

수하는 엄마가 들어가면 곧장 제대로 사과하기로 마음먹었다.

"혼자 간다 그러더니 데리러 오는 친구가 있었구나?"

엄마는 생글생글 웃으면서 수하를 돌아보았다.

"그른 거 으느르그……."

헬리가 보고 있으니 애써 웃으면서 엄마에겐 필사적으로 눈짓을 해 보였다.

하지 마! 뭔진 모르지만 하지 마! 아무것도 하지 마!

“우리 수하 기숙사까지 데려다주려고 온 거예요?”

“예. 아무래도 밤은 위험해서요. 짐도 많은 거 같고요.”

“내가 데려다주려고 했는데.”

“이미 여기까지 왔는데요. 저도 어차피 학교로 돌아가야 해서요.”

엄마는 활짝, 매우 활짝 웃었다.

“갑자기 안심이 되는데.”

“……오늘 처음 만난 앤데 안심은 무슨.”

“응? 수하야, 뭐라고 했어?”

엄마가 웃는 얼굴을 돌리자마자 수하는 곧바로 고개를 열심히 흔들었다.

“아니, 갈게, 엄마. 나 다음 주에는 못 오는 거 알지?”

“그래. 나이트볼 연습 재미있게 하고. 다치지 말고.”

엄마는 순순히 고개를 끄덕이며 수하를 보냈다.

헬리가 짐을 달라는 듯 손을 내밀었지만 수하는 그에게 짐을 넘겨주지 않고 얼른 걸음을 재촉했다.

"그리고 다음엔 둘이서 같이 놀러 와요."

"아, 엄마!"

아악! 수하의 얼굴이 화르륵 불탔다.

"예. 그럴게요."

하지만 헬리는 웃는 낯으로 대답했다.

엄마는 얼굴이 시뻘게져서 아무 말도 못 하는 딸을 껴안았다.

"잘 가, 사랑해."

"나두."

웅얼대며 대답하는데, 엄마의 어깨너머로 이쪽을 보며 부드럽게 웃고 있는 헬리가 보였다. 마치 보기 좋다는 듯, 혹은 다행이라는 듯, 그녀가 받고 있는 애정을 기뻐하는 듯했다.

엄마가 손을 흔들어주는 걸 뒤로 하고, 수하는 걸음을 옮겼다.

"차 가져 왔어."

차가 있어? 아니, 이젠 묻지 말자. 에스티발 시로 오고 가면서 뱀파이어 소년들은 시간에 구애를 받았지, 돈에는 구애받지 않는 게 분명했으니까.

대중교통이 발달한 리버필드 시에서 학생들은 주로 버스를 이용하거나 걸어 다녔다. 뱀파이어 소년들도 당연히 그런 줄 알았는데, 뜻밖에도 헬리가 그녀를 데리고 간 건 검정색 세단 앞이었다. 딱 봐도 예사 차가 아닌 것 같았다.

"짐 줘."

"고마워."

"부담스럽게 해서 미안해. 그런데 집 앞까지 데리러 올 수밖에 없었어. 알지?"

안전문제 때문이다. 어쩌면, 그녀가 엄마 집에 있는 동안에도 뱀파이어 소년들이 주변에서 그녀를 보호하고 있었는지도 모른다.

이젠 정신을 똑바로 차려야 한다는 사실을 수하도 알고 있었다. 그녀도 그들의 문제에 함께 엮인 당사자가 되었으니까.

"그것도 고마워. 그리고 부담스럽지 않았어. 내가 오히려 번거롭게 해서 미안하지."

헬리는 픽 웃었다.

"넌 너무 모범생이야. 벨트 매."

문이 탁 닫혔다.

모범생이라고? 수하는 고개를 갸우뚱거리며 벨트를 맸다.

차 안은 아주 깨끗하고 쾌적했다. 좋은 냄새도 나는 것 같았다. 그녀는 마른침을 꿀꺽 삼켰다.

이야기를 꺼내야 했다. 그때 호숫가에서 다 하지 못한 이야기에 대해 대답을 해야 했다. 그냥 가만히 있으면 무시하는 거잖아! 그러긴 싫었다.

“이번엔 선발대가 먼저 출발했어. 솔론이랑 자카가 먼저 프린태니어 시로 가서 동태를 파악하기로 했지. 물론 그래봤자 우리도 내일 정오에는 떠날 거지만.”

“벌써? 늑대인간들은?”

“그쪽도 둘인가 합류해서 함께 갔어.”

“그렇구나.”

벌써 움직이고 있었구나. 엄마 집에 들렀던 건 잠시 쉬는 것에 불과했다. 이미 길은 이어지고 있었고, 아무도 멈출 수 없었다.

헬리는 차를 부드럽게 출발시켰다.

그녀는 왜 이들의 운명에 같이 엮이게 되었을까? 계속 꾸고 있는 그 괴상한 꿈은 또 뭐고.

말하자니 또 남사스러워서 말할 수가 없었다.

“이번에 만난 일레인이라는 뱀파이어보다 훨씬 더 무서운 뱀파이어인 거지?”

"일레인에겐 그랬지. 우리에겐 어떨지 모르지만. 공포는 상대적인 거거든."

엄격한 여자기숙사 문 닫는 시간을 고려하면 꾸물대지 말고 곧장 데려다줘야겠다. 헬리는 시계를 조금 아쉽게 바라보았다.

"인질이 붙잡혀 있고, 고집도 세고 아집도 강한 상대라 골치가 아프긴 했지만 그렇게 심하게 어려운 상대도 아니었어. 그러니까 괜찮을 거야."

"그래? 나는 무서웠는데."

헬리는 그 말에 표정을 바꾸며 수하를 돌아보았다.

그는 분명히 그녀를 몹시 걱정하며, 앞으로는 무서우면 하지 않아도 된다는 소리를 할 거다.

그건 안 된다. 수하는 재빨리 말했다.

"처음에 안개가 되어서 들어갔을 때, 내 기척을 조금 알아차린 것 같았어. 들킬까 봐 거의 도망치듯이 나왔거든. 나는 드리프터들은 안 무서운데, 그렇게 존재감이 강렬한 사람은 처음 봐서 그랬어."

"그 뱀파이어보다 훨씬 존재감이 강렬한 뱀파이어들이 많은데."

당장 지금 솔론과 자카가 먼저 가고 있는 프린태니어 시의 레일건 마스터가 그럴 거다.

헬리의 목소리에는 염려가 가득했다.

"응. 그런 거 같더라. 너한테 완전히 잡힌 걸 보니까 무서운 게 확 가라앉았어. 앞으로 겪으면 겪을수록 괜찮아지겠지."

수하는 아주 씩씩하게 말했지만 헬리는 그 말이 마음에 안 드는 듯, 미간을 좁히며 앞을 바라보았다.

"……네가 그런 일은 겪지 않게 해야 했는……."

그게 기사가 마땅히 해야 할 일인데.

"무슨 소리야? 능력이 있다면 좋은 곳에 써야지. 나는 이번에 늑대인간들을 구할 수 있고, 리버필드 시를 습격했던 드리프터들의 배후를 추적할 수 있어서 뿌듯했어. 세상에서 제일 쓸모없는 줄 알았던 내 능력이 아주 제대로 쓰였잖아? 이런 적은 처음이야."

그는 언제나 그녀를 염려한다.

알고 있었다. 그래서 일부러 더 그의 말허리를 잘라버리고 얼른 말했다. 말하다 보니 그게 사실이기도 해서 신이 났다.

그때 신호가 빨간색으로 바뀌면서 차가 잠시 멈췄다.

"그래. 네가 그래서 내가 더 이상 막을 수가 없어. 힘을 쓸 때 너는 자유로워 보이거든."

"내가?"

"응. 평소에 생각하고 조심하는 게 너무 많잖아."

수하는 잠시 말문이 막혀 헬리를 바라보았다.

"너는 내가 생각하는 것보다 훨씬 나를 많이 아는 것 같아."

"관심 있으니까."

헬리는 별것 아니라는 듯, 가볍게 말했다.

이젠 진짜 둘러댈 말이 없었다. 수하는 입고 있는 청바지를 내려다보며 불타오를 것 같은 얼굴을 무시하려고 애썼다. 말을 꺼내야만 했다.

"그……, 예전에, 말이야. 나 할 이야기가 있는데……."

신호가 초록색으로 바뀌었다. 부드럽게 물 흐르듯이 움직이는 차 안은 조용하기만 했다.

"네가 한 말, 호수에서……. 내가 대답을……."

아아. 망했다. 이건 그냥 본론까지 안 가도 망했다.

이미 손은 어쩔 줄을 모르고 청바지를 쥐어뜯고 있었고, 입은 제멋대로 굴러가면서도 문장 하나를 제대로 완성하지 못했다. 심장이 입 밖으로 튀어나올 것 같았다.

"대답을 해줘야 하는데……."

"수하야."

그는 부드럽게 핸들을 돌리며 그녀를 아주 다정하게 불렀다.

"어, 어?"

어떡해. 얼굴을 못 보겠어.

"그런 건 없어."

그게 무슨 소리인가.

무심코 고개를 들었던 수하는 태연한 헬리의 얼굴이 빙긋 웃고 있는 걸 보곤 그를 본 걸 후회했다. 그녀는 쩔쩔매고 있는데 그는 너무나 태연하고, 여유로웠다.

"내가 대답을 해달라고 한 것도 아니고, 그건 네 마음인데 네가 무조건 어느 시일 안으로 대답을 해야 한다는 의무는 없잖아."

"그렇……, 그렇지만……."

원래 고백 비슷한 걸 받았으면, 어쨌든 대답해주는 게 의무 아니었어? 그런데 아니란다! 헬리랑 그녀는 다른 세계에 살고 있는 건가?

"너 지금은 준비가 안 됐어."

수하는 눈을 또 동그랗게 떴다. 그는 그 모습을 보고 픽 웃었다.

"한번 결정하면 위험해도 신나게 달려드는 네가 그렇게 우물쭈물하는 건 아직 정하기 싫다는 거지."

"아니, 그건 아닌, 아닌데……!"

"아니면 좀 머뭇거리고 있거나. 어쨌든 네가 억지로 뭘 하는 건 싫어."

차가 조용히 멈춰 섰다.

"그러니까 그냥 내가 그런 마음이 있다, 정도만 잘 알아놓으라고 한 말이야. 대답을 바란 건 아니고."

그는 눈을 휘며 화사하게 웃었다.

"그……럼, 왜 굳이 미리 말한……, 거야?"

그것 때문에 얼마나 고민했는데! 게다가 더 어색해지잖아! 수하는 좀 억울해졌다.

"미리 말해야지."

헬리는 핸들 쪽으로 고개를 숙이며 그녀를 좀 더 자세하게 들여다보았다.

"미리 말해야 네가 날 의식하지."

제 34 화

프린태니어
part 1

헬리는 아주 여상한 얼굴로 수하의 짐을 다 챙기며 덤덤히 말했다.

"수하 네가 제일 중요하게 생각하는 것에는 내가 들어가지 않는다는 건 알아. 당연해. 너한테는 평범한 일상이 아주 소중하니까."

처음부터 눈에 띄는 걸 극도로 싫어했던 그녀가 왜 그랬는지 이제는 잘 안다.

가지고 있는 이능력을 누구에게 말도 하지 못하고, 실수를 했다간 당장 이상한 사람 취급을 받으며 배척당했으니 마음고생이 얼마나 심했을까.

혼자 끌어안고 끙끙거리다 드셀리스 아카데미로 와서 새로 시작하는 학창 생활을 절대로 망치고 싶지 않았을 거다.

학교는 정글이다. 예민한 10대들이 모여서 각자 고민을 안고 뒤섞여 살아간다.

특히 기숙사 생활을 하다 보니 하루 종일 같이 보내는 교우 관계가 무엇보다 가장 중요했다.

"그리고 네 평범한 기준에 나는 평범한 게 아니란 건 잘 알아."

이거 너무 무거운 거 아닌가?

헬리는 짐을 들어주다가 고개를 갸우뚱거렸다. 힘이 센 수하가 들지 못할 무게일 리 없었지만, 마음에 들지 않았다. 솔직히 사감 선생님이 눈에 불을 켜고 있다 해도 들어다 주고 싶었다.

하지만 그건 수하가 기겁을 하겠지. 그래. 딱 거기까지였다. 그에게 허락된 건 아직까지는 거기까지란 걸 너무나 잘 알았다.

"내가 평범한 것보다는 평범하지 않은 게 좋긴 해. 네가 편하게 여기는 것도 중요하지만, 그래도 너와 함께 있으려면 외모든 실력이든 평균 이상이어야 마땅하잖아. 당연히 나도 노력해야 하고."

아니, 그건 아니야! 나는 그렇게 눈이 높지 않아!

수하는 뭐라 말을 하려다가 입을 다물었다.

아니다. 생각해보니 눈이 높은 것도 같으니 그냥 일단 듣자. 경청도 중요하다고 선생님이 말씀하셨지. 입을 열어봤자 이상한 소리만 할 게 뻔하니까, 헬리가 무슨 생각을 하는지 진지하게 듣는 편이 훨씬 낫겠다.

"그런데 너와 나란히 있으면 네 조용하고 평범한 삶이 사라질 것 같다고 해서 아예 후보에도 들지 못하는 건 내가 너무 억울하잖아."

그가 이런 말을 조용히 할 때는 주변이 늘 평화로웠다.

까만 밤과 그에게만 떨어지는 것 같은 가로등 불빛, 친절하게 건네는 엄마가 싸준 짐, 부드러운 웃음이 수하를 어쩔 줄을 모르게 만든다.

"조심해서 들어가. 이제 곧 기숙사 문 닫히겠다."

"그……."

"내일 아침에 신청서 제출하고 바로 나가는 거 알지? 짐 잘 챙기고. 너무 긴장하지는 말고. 그래야 푹 자니까. 응?"

"으, 응."

"그럼 내일 보자. 얼른 들어가."

들어가는 것까지 멀리서라도 보겠다며 그가 손짓을 했다.

이거, 이래도 괜찮은 거야? 이대로 끝인 건가?

"괜찮으니까 들어가."

수하는 그와 들고 있던 짐을 번갈아 가며 보았다.

"얼른."

"어, 바래다줘서 고마워."

그제야 헬리는 환하게 웃었다. 어두운 밤인데도 반짝반짝 빛나게 웃었다.

아, 그 말이 듣고 싶은 거였구나.

"응. 잘 자, 수하야."

수하는 멍한 얼굴로 터덜터덜 기숙사로 걸어갔다. 한번 뒤를 돌아보니 그가 손을 흔들어준다. 마음이 간질거려서 같이 손을 흔들었다.

"뭐 하니, 기숙사 문 닫는다!"

멀리서 사감 선생님이 외치신다. 수하는 깜짝 놀라 뛰어 들어갔다.

선생님 눈에는 띄지 않을 만큼 모퉁이를 돌아 차를 대어놨던 헬리는 그녀가 사라질 때까지 가만히 그 자리에 있었다.

수하가 마침내 기숙사 문 안으로 들어가고, 문이 안전하게 닫혔다.

그는 그제야 다시 차를 타고 시동을 건 뒤, 출발을 하려다 말고 운전대 위에 엎어졌다.

"아……."

긴장돼서 죽는 줄 알았네. 평소에는 뛰는지도 몰랐던 심장이 지금 확실하게 나 여기 있다고 존재감을 뽐내며 쿵쾅쿵쾅 달리는 중이다. 뺨이 화끈거리고 귀가 뜨거웠다.

끝까지 침착한 척, 어떻게든 티 내지 않으려고 했는데 목소리가 마구 흔들렸던 걸 수하는 눈치챘겠지?

부끄러웠지만 어쩔 수 없다. 오늘도 형제들의 온갖 의미가 담긴 눈총을 받으면서도 꿋꿋하게 그가 직접 데려다주겠다고 우기며 엄청나게 꾸미고 나온 헬리는 픽 웃었다.

'수하는 어머니를 닮았구나.'

그럼 수하가 나이가 들면 오늘 만난 수하 어머님 같은 모습이겠지.

미래를 본 것 같아 좋았다. 형제들이 알았다간 당장 뭐 저런 미친놈이 다 있냐는 표정으로 볼 걸 알고 있었지만, 그래도 좋았다.

그를 그저 멀리서 바라보기만 하고, 친구가 된 것만으로 만족하려고 했던 수하를 넘을 수 있는 선 가까이에 바짝 끌고

왔다. 마음이 간질거렸다.

☾

공격을 하는 입장에서는 반드시 공격해야 하는 곳을 완벽하게 파악해야 했다.

그런 의미에서 솔론과 자카는 프린태니어에 먼저 가서 알아낼 수 있는 걸 최대한 알아내야 했다.

'단, 우리는 늑대인간들처럼 인질로 붙잡혀선 안 돼. 언제나 안전이 최선이니 절대로 정보 파악 이상의 행동은 하지 마.'

그들을 보내며 헬리는 신신당부했다.

'차라리 정보가 적은 게 낫지, 너희가 위험에 빠지는 건 결코 안 돼.'

욕심부리지 말고 안 되겠다 싶으면 그냥 바로 포기하고 관광이나 하고 있으라는 든든한 말을 남겼다.

그래서 솔론과 자카는 무척 마음 편하게 프린태니어로 떠나왔다.

"곧 출발하겠네."

시계를 들여다본 자카가 중얼거렸다. 솔론이 흘깃 보는 눈에 묻지 않은 질문이 담겨 있는 걸 보고 대답까지 덧붙였다.

"나머지 형들이랑 수하. 지금 곧 출발할 시각이야."

리버필드 시에서는 새로운 주가 시작되는 오전이라는 얘기다.

솔론은 옷깃을 좀 더 바짝 끌어당기며 앞을 바라보았다.

프린태니어 시는 이미 하루가 시작한 지 꽤 된 터라, 그들이 서 있는 거리는 아주 조용했다. 그저 허름한 식당 하나가 문을 열었을 뿐이다.

솔론과 자카는 넘어가지도 않는 음식을 시켜두고 식당에 앉아 건너편을 바라보았다.

레일건.

간판을 보던 솔론이 중얼거렸다.

"저렇게 대놓고 간판을 달고 있는 술집인 줄 알았으면 진작 인터넷에서 찾았지."

"어, 아냐. 인터넷에는 없어. 그냥 술집이라고만 나오지 레일건이라는 이름은 눈을 씻고 찾아봐도 없어."

자카가 바로 고개를 흔들더니 볼멘소리를 했다.

"내가 뭐 안 찾아봤는지 알아? 다 뒤져봐도 없었다니까."

프린태니어는 관광도시도 아니고, 에스티발과 마찬가지로 조그만 도시였다.

물론 에스티발처럼 휑하다 못해 몰락하는 느낌이 드는 건 아니었지만, 이곳에는 오래도록 터를 잡고 사는 사람들이 대부분일 거다. 그래서 외부인이 더 쉽게 눈에 띌 테니 소년들은 무척 조심해야 했다.

가게에 들어가 음식을 시켜놓고 먹지 않는 짓부터가 눈에 띄는 행동이었다. 탁자 위에 성의 없이 놓인 감자튀김을 집어 든 손은 큼직하고 혈색이 돌았다.

뱀파이어 소년들이 아닌 늑대인간 소년의 손이었다.

"흠."

자카의 말을 듣고 인터넷을 뒤져본 나자크는 튀김을 입안에 넣곤 휴대폰을 내려놓았다.

"없지?"

내 편 좀 들어. 자카의 말에 머리를 길게 묶은 나자크는 고개를 끄덕였다.

"없네."

"거봐."

재도 그렇다잖아! 자카가 솔론에게로 시선을 돌리며 눈을 부릅떴다.

언제나 자료조사는 철저히 하는 자카가 용납을 할 수 없는 발언이었나 보다.

알았다, 알았어, 하고 고개를 끄덕인 솔론은 차가운 창문에 이마를 기댔다.

"이대로 밤까지 기다려야겠는데."

드리프터들이 저 술집을 이용한다면 결국 밤에나 문이 열릴 거다. 상식적으로 술집이 낮부터 영업을 할 리가 없기도 했다.

"지금 문 닫고 있을 때 털면 딱 좋은데."

자카가 중얼거렸다가 당장 나머지 소년들의 눈총을 받았다.

"왜, 왜 그렇게 쳐다보는데?"

"너는 조심하라는 말도 못 들었냐? 헬리 형이 그렇게 귀에 못이 박히도록 말을 했는데."

솔론은 딱 거기까지만 말하고 입을 다물었다.

당장 이 자리에는 나자크뿐만 아니라 엔지도 앉아 있다. 네 명이 이번 프린태니어 선발대였다.

어쩌다 늑대인간들과 엮이게 된 건지 아직까지도 이해가 되지는 않았지만 어쩔 수 없었다.

저 레일건에 늑대인간 소년들의 원수가, 그리고 리버필드 시를 뒤지려던 드리프터들의 배후가 있다. '다른 사람 눈에 띌 정도로 특별한 능력을 가진 여자'를 찾으라 명령한 이가 있다.

"주변이나 둘러보고 이따 저녁에나 다시 와야 해. 그때쯤이면 우리 쪽이나 재네 쪽이나 하나둘 도착하겠지."

솔론이 가만 생각하다 말했다.

"나는 이 자리에 죽치고 앉아서 누가 드나드는지 보고 있을 테니까 너희는 대충 둘러보고 가서 쉬어."

이어지는 솔론의 말에 자카가 눈을 크게 떴다.

"그걸 왜 형만 해? 내가 가서 대충 빨리 보고 오면 되잖아."

사람들이 감지하지도 못할 속도가 이능력인 자카라면 저 술집을 샅샅이 털고 올 수도 있겠다. 이론적으로는 가능한 이야기였다.

다만 에스티발 시에서 늑대소년 셋이 붙들렸던 상황이 있었던 만큼 더 이상의 구출 작전은 사양이라 안 될 뿐이지.

"안은 안 들어가고, 근처만."

"그거라면 우리도 가능할 거 같은데."

엔지가 밝게 말했다. 성격이 부드러운 그는 웃는 얼굴로 서글서글하게 뱀파이어 소년들과도 날을 세우지 않고 말했다.

"우리는 냄새를 맡을 수 있으니까 눈으로 보이지 않는 부분을 알아낼 수 있을 거야."

"좋아, 그럼. 일단 지금 가보자. 지난밤의 흔적이 남아 있을 수 있어."

자카는 고개를 끄덕이며 자리에서 일어났다. 곧장 솔론의 말이 따라왔다.

"안에 들어가지 마."

"안다니까."

"너 말고."

같이 일어나던 엔지가 솔론을 쳐다보았다.

"조심하라고."

무뚝뚝하고 차가워 보여서 말도 못 붙일 거 같던 솔론이 그런 말을 할 줄은 몰랐던 엔지는 약간 늦게 미소 지었다.

"응. 너희도 조심해."

엔지와 자카가 자리에서 일어나 나갔다. 다시 자리에는 침묵이 내려앉았다.

나자크와 솔론은 엔지와 자카가 신중하게 움직이는 모습을 주의해서 바라보았다.

만일 근처에 드리프터가 있는데 마주치는 날에는 당장 거리에서 싸움이 벌어질 거다. 매우 조심해야 했다.

"아, 이번이 끝이었으면 좋겠네."

나자크는 몸을 뻣뻣한 의자에 어떻게든 파묻어보려 애쓰며 말했지만, 결과적으로는 실패했다. 그의 지나치게 긴 신장을 감당할 수 있는 가구는 거의 없었다.

솔론은 눈만 움직여서 나자크를 쳐다보다 입을 열었다.

"지겨워?"

"지겹지. 여기저기 다니는 건 지겨워."

"많이 다녔나 봐?"

"넌 그런 거 하나도 궁금해하지 않을 거면서 의외로 잘 물어본다. 지겹게 돌아다녔어."

"지겹게 돌아다닌 건 우리도 마찬가지라."

솔론은 주머니에 손을 꽂은 채 어깨를 으쓱거렸다. 언제나 정착할 곳을 목을 매고 바랐다.

"이제나 학교에 다니고 좀 신나게 사나 했더니만 너네가 나타나더라."

나자크의 뼈 있는 말에 솔론은 픽 웃다 말았다.

솔론의 생각 많아 보이는 눈은 각기 다른 색을 띤 채 바깥을 내다보았다. 자카는 이미 눈에 보이지도 않고, 엔지가 슬쩍 레일건 뒤로 돌아가는 게 보였다.

뱃속이 묵직하게 당기고 불쾌한 긴장감이 다시 느껴진다. 드리프터들을 상대할 때마다 신경이 날카롭게 곤두섰다.

“어?”

나자크가 반응하는 것과 동시에 솔론도 움찔거렸다.

안절부절못하며 후드를 푹 뒤집어쓴 채 레일건으로 접근하는 사람이 하나 있었다.

드리프터인가?

“이야, 꽁꽁 싸맨 거 봐라……. 각오 제대로 하고 온 모양인데.”

나자크는 이미 확신했다. 저놈은 드리프터가 맞다.

“설마 벌써 가게 여는 건가?”

솔론이 그럴 리가 없는데, 라며 중얼거렸다.

“술집인데 벌써?”

설마 그럴라고. 나자크도 고개를 흔들었다.

뭘 그리 잘못했는지 몹시 불안해하며 주변을 둘러보던 그 드리프터는 레일건 뒤로 돌아갔다.

어라. 뒤에는 이미 자카와 엔지가 넘어가 있는데?

아니나 다를까. 딱 3분 만에 자카와 엔지가 그 드리프터 양

쪽에 서서 자연스럽게 나타났다. 누가 보면 평범한 친구 사이인 줄 알겠다.

"가자."

솔론과 나자크도 자리를 떠났다.

황량한 프린태니어 시에 소년들이 출몰하기 시작했다.

제 35 화

프린태니어
part 2

JAKAH
4
DECELIS
ACADEMY

자카는 고개를 삐뚜름하게 기울였다.

"뭐, 이 자리에 헬리 형은 없지만."

심문에 능한 분이 없긴 하지만 털어낼 수 있는 데까지는 다 털어내 보도록 합시다. 최선을 다해야지.

엄숙하게 선언한 자카는 자신을 비롯해 지금 모여 있는 소년들을 둘러보았다.

솔론, 그리고 나자크와 엔지.

"형이 하자."

가만히 서 있던 솔론이 지목되자, 그는 왜 날 지목하냐며 눈썹을 치켜올렸다.

"우리 중에 그나마 인상이 무서운 사람이 형이야."

오. 듣고 있던 늑대인간 소년들도 인정할 수밖에 없었다.

"왜 내가……."

"나자크가 키가 제일 크긴 한데 잰 너무 착해 보여서 처음에 덩치로 제압하는 것밖에 안 돼. 그러니까 심문은 형이 하자."

"귀찮게……."

말이야 귀찮다고 하면서 솔론은 터덜터덜 앞으로 걸어 나갔다.

"으, 으으……."

눈물범벅이 된 볼썽사나운 꼴을 한 드리프터가 몸을 움츠렸다.

완전히 피라미는 아니고, 그래도 에스티발 시 물류창고에서 그들을 상대하던 급은 되는 것 같은데 왜 이렇게 겁을 먹었을까.

솔론은 힐끗 뒤를 돌아보았다. 키가 훤칠한 뱀파이어 둘에 늑대인간 둘이라는 말도 안 되는 조합이니 알고 있던 일반상식이 다 파괴되는 기분이긴 할 거다.

늑대인간 소년들과 함께 싸울 때부터 그들이 마주하는 적이란 적들은 죄다 그 점에 몹시 당황하곤 했다.

"나, 나는 아무것도 몰라!"

드리프터가 덜덜 떨며 먼저 한 말에 솔론의 눈썹이 꿈틀거렸다. 정색을 하면 몹시 차가워 보이는 솔론은 드리프터를 내려다보고 물었다.

"그러니까. 뭘?"

"아, 아무것도!"

"아."

그렇구나. 솔론은 고개를 천천히 끄덕인 뒤, 냅다 드리프터를 향해 발을 날렸다.

"으아악!"

쾅, 하는 소리와 함께 정확하게 드리프터의 얼굴 옆 벽에 그의 발이 꽂혔다. 드리프터는 눈물을 찔끔 흘리며 손을 바들바들 떨었다.

"어때. 이젠 좀 생각나는 게 있어?"

엔지는 허공을 보며 눈동자를 또로록 굴렸고, 나자크는 납득했다는 듯 중얼거렸다.

"역시 나이트볼을 할 때 스타일 그대로 심문하는군."

"그치? 우리 형이 말은 좀 없어도 확실하고 빨라."

이런 면에서는 솔론과 죽이 척척 맞는 자카가 고개를 끄덕였다.

저쪽에서는 이미 드리프터가 울면서 모든 걸 줄줄 털어놓는 중이었다.

"생각, 생각났습니다!"

"그럼 말을 해."

"저, 저는……, 마, 마스터께 보고만 하려고 했습니다!"

"그러니까, 뭘?"

드리프터는 불안하게 주변을 둘러보았으나 사방이 꽉 막힌 이곳에서 그를 도와줄 사람은 아무도 없었다. 게다가 늑대인간들도 있으니, 솔직히 끝났다고 봐야 했다.

"……에, 에스티발에서 야, 약속한 늑대인간들이 며칠째 안 들어오고 있다는 걸……."

순식간에 소년들 사이의 온도가 싸늘하게 훅 내려갔다. 나자크는 서글서글한 얼굴로 웃었고, 자카와 엔지는 표정 없이 잡아 온 드리프터를 쳐다보았다.

"아. 꽤 많이 들어왔어야 했지."

솔론은 무슨 이야기인지 이미 알고 있다는 듯 고개를 끄덕였다. 실제로 알고 있는 일이기도 했거니와, 그들이 바로 에스티발 시 물류창고를 박살 낸 범인이기도 했으니 당연했다.

"그, 그래서……."

"그래서 그걸 마스터한테 보고한다고? 이 아침에, 저 텅 빈 술집에?”

“아, 아침은 아닌데…….”

지금 점심인데, 라고 웅얼거리던 드리프터는 또 쾅, 하고 울리는 소리에 흐아악 비명을 질렀다. 그는 정말 후회했다. 나대지 말걸! 나대지 말고 가만히 박혀 있을걸!

“야.”

필요하다면 불량한 드리프터들의 난폭한 짓을 얼마든지 흉내 낼 수 있는 솔론이 드리프터를 툭 쳤다.

“너네 윗선 팔아먹은 김에 한 번 더 팔아먹어라.”

“예, 예? 그게 무슨…….”

영문을 모르는 드리프터의 대답과 함께 나자크의 탄성이 나지막하게 들렸다.

“캬. 누가 들으면 뒷골목 어두운 세계에서 몇 년 있던 분인 줄 알겠네.”

“너도 내키면 할 줄 알잖아.”

자카가 어디서 남 말 하냐는 표정으로 대꾸했다.

“뭐, 다 저놈들한테 배운 거니까.”

드리프터들에게 쫓겨 다니면서 배우는 게 다 그런 것뿐이다.

“애들 정서에 안 좋아.”

엔지가 고개를 절레절레 흔들며 중얼거렸다.

"파, 팔아먹긴 누가!"

물론 그 와중에도 드리프터는 필사적으로 저항하는 중이었다.

"아닙니다, 저는 그런 적이 없습니다!"

"아니긴 뭐가 아냐. 위에서 늑대인간 안 들어왔다고 마스터한테 욕먹을까 봐 뭉개고 있는 거 네가 찌르려고 이 아침에 햇볕 피해가며 헐레벌떡 온 거잖아."

어, 어떻게 알았지! 드리프터는 경악하며 솔론을 쳐다보았다. 어리지만 힘센 놈으로 보였는데, 그것만이 아니었다.

"……네가 너무 티 나게 굴었다고는 생각 안 하냐?"

"아니, 나는, 나는 레일건 마스터에게……."

"허탕 친 거 같은데. 너 이대로 돌아가면 네 상관한테 죽어."

솔론은 목을 손으로 슥 그어 보였다. 히이이익, 안 그래도 핏기없던 드리프터의 얼굴이 밀가루를 탈색한 듯 허옇게 질렸다.

"허, 허탕이 아닙니다!"

"레일건 비었잖아."

"빈 게 아니라, 방법이 있습니다!"

"그래?"

솔론은 드리프터를 물끄러미 보며 고개를 반대편으로 삐딱하게 넘겼다.

"그럼 내가 살려줄 수도 있겠네."

그의 얼굴에서는 읽어낼 수 없는 표정과 함께 냉기가 흘러내렸다.

"잘 협조해준다면."

드리프터에겐 선택의 여지가 없었다.

누구나 다 승진이란 걸 하고 싶어 하는 게 자연스러운 논리다. 승진이든, 더 나은 월급이든, 어쨌든 위로, 더 위로.

그런 게 드리프터들 사이에서도 당연히 있었다. 모두가 더 강해져서 저 위에 있는 상위 뱀파이어들과 어깨를 나란히 하고 싶어 했다. 그게 가능한 걸까?

"정확한 건지 좀 불분명하지만."

자카는 드리프터들의 세계는 아직까지도 이해가 안 되는 부분이 많다며 고개를 갸우뚱거렸지만 나자크는 시큰둥했다.

"보나 마나 피지. 뭐가 더 있겠냐."

더 좋은 피. 신선한 피. 붉은 액체에 드리프터들은 이성을 잃고 달려들곤 했다.

드리프터들의 눈에 사람은 사람으로 보이지 않는다. 그저 신선한 피를 가득 가지고 있는 식량일 뿐이다.

먹고 먹히는 가운데 지성과 감성이 쌓아 올린 질서 있는 세계는 전혀 존재하지 않았다. 법이나 도리, 인간이 마땅히 지켜야 할 가치 따위 짓밟히고 으깨진 지 오래다.

"저놈도 마찬가지야."

지금은 엔지가 드리프터를 달래고 있었다.

"아, 그러셨구나. 그렇죠. 약속한 물품이 들어오지 않는 건 진짜 큰일인 건데 그걸 보고도 안 하고 있으면 아랫사람들은 난처하죠."

서글서글하고 착해 보이는 늑대인간 소년이 달래주니 무서운 솔론에게 시달렸던 드리프터는 훙하게 찔찔 짜면서 알고 있는 걸 모조리 불었다.

"내가, 씨, 진짜 억울해가지고……! 아니, 에스티발에서 맨날 호언장담하면서, 일레인 그 여자가 맨날 늑대인간을 한 트럭씩 보냈단 말이야……!"

"그랬구나."

"그랬는데 그걸 우리 반장이 안 들어오면 확인할 생각을 해야지, '들어오겠지, 들어오겠지' 하면서 몇 날 며칠을 뭉개고 있어! 만약에 우리가 받아서 물건 확인하고 레일건으로 안 보내면 마스터한테 우리 지부가 완전히 날아가는 건데, 모자란 새끼!"

"속이 터지셨겠네."

엔지는 늑대인간들을 '물건'이라고 표현하는 드리프터 앞에서 표정 하나 바꾸지 않고 아주 태연하게 얘기를 들었다.

익숙한 일이다. 동시에 그의 친절한 태도 아래에는 어딘지 모르게 그 이상 접근하기 어려운 분위기가 흘렀다.

그래서 드리프터 역시 그 와중에 움찔거리며 선은 넘지 않았다. 물론 그 선이란 게 순전히 드리프터 기준이었지만 말이다.

"근데 그래도 그렇지, 혼자 나서는 건 너무 무모한 거 아닙니까? 반장보다 마스터가 더 무섭잖아."

"무섭지."

드리프터는 눈물을 닦아내며 고개를 끄덕였다. 으. 엔지는 질색이었지만 참을성 있게 드리프터가 하는 말을 들어주었다.

"하지만 마스터는 실력 위주로 보시는 분이야. 공이 있다면 인정해주신다 했어."

"그거 믿어도 되는 거예요? 허위매물이면 어쩌려고?"

"아니야. 일레인도 그렇게 승진했다고 했어. 그러지 않고서야 우리와 같이 그냥 하급 드리프터였던 여자가 언제 물류창고 총책임자가 되었겠어?"

글쎄. 일레인을 봤던 엔지의 판단에는 저 드리프터와 일레인을 함께 비교하면 일레인에게 미안해질 지경이었다.

일레인은 제 역할 하나는 제대로 해냈고, 이 드리프터는 기회만 엿보는 타입이다.

"그래도 그렇지 마스터를 아무나 함부로 만나나? '그' 마스터인데."

엔지는 '그럴 리가 없다'는 얼굴로 회의적으로 말했다.

"아니야. 방법이 있어. 마스터는 매일 나오지는 않지. 하지만 매일 나와."

듣고 있던 솔론이 벽을 툭툭 두드렸다. 투둑, 투둑, 그가 두드릴 때마다 벽돌이 깨져서 조각이 흘러내렸다. 무시무시한 악력이었다. 일부러 저러는 게 분명하다.

"알아듣게 말해."

아니면 벽돌을 두부처럼 으깨는 힘으로 머리를 똑같이 으깨주겠다는 표정에 드리프터가 히이익, 하고 질렸다.

"아, 좀 진정해. 진정하고, 알려줘 봐요. 그게 무슨 얘기인데요?"

엔지는 웃는 낯으로 솔론을 말리는 척하며 더 자세히 파고들었다.

"레, 레일건의 마스터는 이 주변 다섯 개 나라의 드리프터들을 총괄해. 아주 오래전부터 레일건을 운영해왔는데 아무것도 모르는 인간들이야 주인 양반 얼굴이 하나도 안 바뀐다고 신기해하지."

훌쩍거린 드리프터는 그의 말을 너무나 잘 들어주는 엔지를 향해 앉았다.

"항상 2층 마스터의 방에 있다고는 하지만, 마스터는 가끔 바에 나와서 직접 바텐딩을 할 때도 있어."

그래서 프린태니어 사람들도 레일건 마스터를 이 동네 토박이로 인식하고 있는 모양이다.

"누구나 우리 뱀파이어들을 위해 일한다면 정당한 보상을 한다는 게 마스터의 모토야."

하이고 퍽이나. 솔론은 소리 없이 짧게 웃으며 뒤를 보다가 나자크와 눈이 마주쳤다.

놀랍게도, 혹은 놀랍지 않게도 나자크는 그와 똑같은 표정을 짓고 있었다. 저런 식으로 드리프터들을 꾀어서 그저 도구로 사용하기만 하고 버린다는 걸 너무나 잘 알고 있기 때문이다.

"그래서 가끔 공을 세우고 싶은 놈들은 나처럼 이렇게 와. 와서 2층 복도 창문에 있는 새장 안에다가 암호를 넣으면 돼."

"넣고, 그걸로 끝이에요?"

"응. 나머지는 마스터가 알아서 연락한다고 했으니까……."

바꿔 말하면 그다음은 어떻게 되는지 모른다는 뜻이다.

왜 그 후에 어떻게 되는지 모르겠는가. 죄다 쥐도 새도 없이 사라졌거나, 아니면 어떤 보상도 없이 그저 드리프터들을 지배하기 위한 소문에 불과하다는 뜻이겠지.

"그렇군요."

엔지는 잠시 고민했다.

이 드리프터를 여기에서 처리할까, 아니면 살려둬서 곧 도착할 형제들에게 보일까?

그냥 처리하자니 '암호'라는 부분이 상당히 마음에 걸린다.

엔지는 이곳에서 조금 멀리 보이는 레일건의 을씨년스러운 건물 뒤편을 바라보았다.

'다섯 개 나라의 드리프터 총괄이라. 어쨌든 본부로 온 거나 마찬가지네.'

슬쩍 눈을 돌리니 자카와 눈이 마주쳤다. 그도 엔지와 똑같은 생각을 하는 게 뻔했다.

솔론은 묵직하게 마음을 내리누르는 한 가지 의문을 또다시 곱씹었다.

어쩌면 이곳에 밤필드 보육원을 습격한 놈이 있을지도 모른다.

그들의 유년 시절을 파괴하고 사랑하는 선생님들을 앗아간 놈이 있을지도 모른다.

☾

드리프터들이 병적으로 싫어하는 해는 시간을 이기지 못한다. 시간이 흐르면 결국 저 멀리 강 너머로 가라앉기 마련이다.

해가 넘어가고, 어슴푸레한 어둠이 깔리면 프린태니어 외곽의 술집 레일건에는 사람이 하나 와서 쓱싹쓱싹, 비질을 시작한다. 주변을 청소하고, 취객들이 쓰러트린 오래된 술통을 다시 일으킨 뒤 위층을 힐끗 보았다.

"어라."

또 어느 지부에서 난리가 났길래 어느 놈이 찌르고 갔을까.

새장 뚜껑이 슬쩍 들렸다.

비질을 하던 사람은 끙차, 소리를 내며 사다리를 끌어다 위로 올라갔다. 그러곤 빗자루로 새장을 툭 건드린 뒤 안에서 뭔가를 꺼냈다.

"……확인했어."

멀리서 바라보고 있던 자카가 뒤를 돌아보며 말했다.

헬리가 고개를 끄덕였다.

〈DARK MOON: 달의 제단〉 3권 끝

2023년 12월 20일 초판 1쇄 발행

기획/제작 | HYBE
공동기획 | WEBTOON

발 행 인 | 정동훈
편 집 인 | 여영아
편집국장 | 최유성
편　　집 | 양정희 김지용 김혜정 김서연
디 자 인 | DESIGN PLUS

발 행 처 | (주)학산문화사
등　　록 | 1995년 7월 1일
등록번호 | 제3-632호
주　　소 | 서울특별시 동작구 상도로 282 학산빌딩
편 집 부 | 02-828-8988, 8836
마 케 팅 | 02-828-8986

ISBN 979-11-411-2008-5 03810
ISBN 979-11-411-2005-4 (세트)

값 9,800원